旋風傳奇③

旋風再起時

飛躍青春系列

孫慧玲 著
步葵 圖

山邊出版社有限公司

「飛躍青春」系列
旋風傳奇3・旋風再起時
作　者：孫慧玲
插　圖：步　葵
責任編輯：趙慧雅
美術設計：李成宇
出版：山邊出版社有限公司
香港英皇道499號北角工業大廈18樓
電話：(852) 2138 7998
傳真：(852) 2597 4003
網址：http://www.sunya.com.hk
電郵：marketing@sunya.com.hk
發　行：香港聯合書刊物流有限公司
香港新界大埔汀麗路36號中華商務印刷大廈3字樓
電話：(852) 2150 2100
傳真：(852) 2407 3062
電郵：info@suplogistics.com.hk
印　刷：中華商務彩色印刷有限公司
香港新界大埔汀麗路36號

二〇一八年一月初版

ISBN: 978-962-923-456-0

18/F, North Point Industrial Building, 499 King's Road, Hong Kong
Published and printed in Hong Kong

目錄

推薦序一

老師寫學生的故事——真情與至誠

認識孫慧玲女士，因為曾經和她共事，我是校長，她是中文科教師。

那已是上世紀八十年代末的事了，那一年，她剛在香港大學取得教育碩士銜，正準備一邊繼續在香港大學中文系兼職導師，一邊計劃圓她的博士夢，但在八九年，她決定重回中學執教，於是，她的論文指導教授便立即將她推薦來到我校。

孫慧玲老師熱愛中國文學中國歷史，擅長說故事，教學生動活潑，打破了傳統課室的沉寂，調動學生的專注力、興趣和反應，在公開考試中，她亦能令學生取得十分優異的成績。我想，這樣的一位教師，去寫故事，一定是十分有趣吸引的。

果然，她真是是寫故事的高手，就像《旋風傳奇系列》三本小說，十五萬字，一幕接一幕，絕無冷場，不但兒童少年愛讀，對成年人也一樣有吸引力。

她這本《旋風傳奇3：旋風再起時》，最使人愛不釋手的地方，不單是故事動人，能以出人意表的情節、懸疑的布局去表達明確的主題，如她寫耀輝的戀情，便寫得撲朔迷離，很有偵探小說的意味；寫耀輝上十八天的海上歷奇志風號和七上土耳其阿拉臘山找挪亞方舟，又寫得驚險緊張，使人像看驚慄作品；更難得的是，她明白青少年的心理，青少年成長的追求與疑惑，如身分的疑惑、家庭的失和、失敗的沮喪等，都寫得絲絲入扣。小說中所刻劃的人物性格，所演繹的人生，剖析的人性，絕對可以作為青少年讀者勇闖成長大道的指引，最令人感動的是，故事中透發着牽引讀者的深情，深情引發了讀者的共鳴；沒有教訓，只有感悟，感悟中讓讀者明白人生道理；讀來沒有絲毫教育意味，讀者卻不知不覺中得到了益處。

為兒童少年寫香港回歸二十年中大時代的故事，並不容易，但《旋風傳奇3：旋風再起時》一書中，耀輝的遭遇卻真實而深刻地呈現了獅子山下小人物在這回歸二十年的喜怒哀樂，成敗起跌，寫來手法獨特，感觸細膩，用語精確，生動跳脫，既有吸引讀者的高明技巧，又有以利益下一代為己任的至誠，情理兼備，實在是難得的少年讀物，值得推薦。

黃金蓮修女

聖保祿學校校監兼校長

推薦序二

《旋風傳奇3：旋風再起時》越戰越勇 活得精彩

《旋風傳奇系列》的主人翁耀輝的成長故事深深地吸引着我。整套書三冊內容豐富，節奏明快，情節感人，是一個十分引人入勝的個人傳奇。故事以第一身形式進行，讀者像是聆聽自己的好朋友講故事一樣親切。閱讀時更有一種一口氣追看下去的衝動，急於知道耀輝的種種經歷和遭遇。

耀輝是一個充滿正能量的人，雖然他中學學業一敗塗地，但他清楚認識自己的興趣和所長，並以此作為起點，憑着堅毅無比、百折不撓的精神成就自己。腳患並沒有把他打倒，相反，他由賽跑健兒成功轉為游泳健將。在軍中和派往英國受訓的艱苦日子，他都能以樂觀積極和奮勇的精神一一克服困難，最終取得成功和別人的認同。

在他日後的人生中，九七回歸華籍英兵遭解散，提早退役，耀輝同樣成功轉型為歷奇教練。耀輝就是靠他那敢闖的精神，為自己開闢了人生的道路。

但路是崎嶇的、不平坦的。縱然闖出了路，社會大環境的變化，是不以人的意志為轉移的。九七回歸後，他雖然成功轉型，但接着而來的金融風暴、沙士疫潮，耀輝的事業無可避免地受到衝擊。《旋風傳奇3：旋風再起時》憶述了耀輝十八歲時參加菲律賓海上歷奇。這十八天的海上歷奇造就了他更堅毅、更不屈的性格，使他能面對更大的逆境。後來他帶領香港探索隊七次登亞拉臘山，生命活到巔峯。

作為一位教育工作者，耀輝的經歷給我很大的啟發。學校是育人的地方，老師除了傳授知識，更重要的是要教導學生做人，培養他們正面積極的人生觀，堅毅不屈的精神，並給予他們不同的機會，讓他們認識自己，發掘自己的潛能，尋找自己人生的目標和方向。

我誠意向讀者們推薦這套傳奇，特別是教育仝工——校長、老師，以及家長和年輕的朋友，希望大家可以從耀輝的人生故事中得到啟發，以他的故事去勉勵自己的學生，自己的兒女和自己。

「路是要人行出來的，路是人闖出來的，路是要人經歷的。」我以耀輝本人的說話與青年朋友們共勉。祝福耀輝！

崔綺雲
漢華中學校監
中國中學生作文大賽（香港賽區）籌委會主席

自序

旋風故事停不了

《旋風少年手記》和《魔鏡奇幻錄》出版以來，一直得到青少年讀者和老師家長的喜愛，前者迅速登上商務印書館暢銷書榜，被選為好書龍虎榜候選書目，和大學學位教師培訓課程中兒童少年文學的專研作品，更多次在國內出版了簡化字版，甚至遠銷新加坡和馬來西亞；後者則高票榮登「十大好書龍虎榜」；兩書亦多年入選各「閱讀好書」、「閱讀大賽」推薦書目；不少學校除指定為課外閱讀書外，還舉辦「作家到校」，並配合以「讀書報告寫作比賽」、「作家採訪」、「金句書籤設計比賽」、「插圖設計比賽」等活動；這兩本有關長跑少年耀輝的成長小說，的確捲起了一次又一次旋風，引起了注意和重視。

最難忘的是，年前有位我並不認識的香港大學二年級女學生，現身書展講座，公開告訴大家：「我小學時已看《旋風少年手記》和《魔鏡奇幻錄》，中學時再看，現在讀大學時還在看，總之，每次遇到困難時，壓力時，我都會重看，它們陪伴我成長！」這，不正就是「生命影響生命」了嗎?!

以為旋風少年的故事，隨着這兩本小說而終結了，怎知多年後，耀輝又再燃起了我心中的火，引發我眼中的淚。

當年，香港童軍229旅要成立資深童軍團，作為旅長的我苦苦考量團長人選，到底誰能了解青少年，又有能力領導這羣反叛期的年輕人呢？我想起了以前的學生，早已從華籍英兵部隊退役的耀輝，多次接觸，多次懇請，這位軍部鐵血教官終於答應了在暑假後9月的第一次集會中，他穿着全套軍裝出現，腰板挺直，英姿颯爽，好一隻雄獅！當時，我還未知道，笑意盈盈的他，原來在回歸之後，香港多次的經濟低潮中，他的生命歷奇中心生意慘淡，他已經傾家蕩產，還在苦苦支撐。

接着，他消失了，原來接受了一個不可思議的任務——去土耳其尋找挪亞方舟！

接着，在報章上得知他成為第一個進入山洞，並成功找到方舟木結構組織的中國人！

接着，有一次，我打電話給他，追問他到底何時可以赴任團長時，他卻說他在醫院！這鐵血男子，身壯如牛，要入醫院，太不尋常了。他告訴我，疲倦、暈眩、使不出力氣，經過多方檢查，仍然不知道身體出了什麼事！

我意識到大事不妙。

接着，再見到他時，赫然發現他雙眼眼白全填上檸檬黃！我心中暗叫一句：「糟糕！」

之後，他頻頻進出醫院，檢查沒完沒了，卻找不出體內失血五成的原因。好一段日子，一想起他，只有擔心，只有痛心，只有揪心：「這孩子，命運為什麼這樣多蹇?!一生考驗應付不完?!」

之後，他告訴我他患的是血癌，暫時沒有醫生敢用藥，他只好嘗試各式各樣的療法，包括曬太陽，一到冬天，他便飛去南方追太陽，暖和身體，提升體溫，叫人驚訝的是，在這期間，只要他精神還可，活動自如，他便繼續做他的生命歷奇工作，毫不把癌魔放在心上！

最後，他被證實患上淋巴癌，可以用鏢靶藥了，他泰然面對，完成了化療療程，不但沒有很大的不適反應，沒嘔吐沒脫髮沒出疹沒失胃口沒消瘦，還可以如常地做他的「生命歷奇」導師，帶着大學生去汶川、入內蒙、甚至上西藏四處走，看來，他的心態，是應付惡疾的秘方，癌魔是奈何他不得的。

近年，他更被國內大學聘為講師，傳授生命歷奇教育，教導國內未來精英，幫助中國青少年追逐振興民族的夢。

又一次心靈悸動

他堅持自己的中國人身分，拒絕居英權的民族決心；他對傾家蕩產，一無所有的承受和應變；他七上神山，屢敗屢試鍥而不捨找方舟的堅毅和宗教虔誠；他對癌魔突襲，惡疾纏身的灑脫和處理，像許多年前聽他的成長經歷，投軍故事一樣，我只有感動，只有震撼，我再次燃起要寫第三本旋風的火，我決定，要將他的故事延續下去，我用了超過半年時間做採訪，約他面談，每次見面，我的內心都起伏不已，感到痛心，卻又感到激勵，為了寫好這本小說，更將出版日期推遲了，我願意多花時間準備，務求資料正確齊備，我要在執筆之時，能更好地調整自己的心態，進入角色，把這個尊重生命，要活好每一天的年輕人物，塑造得既真實又生動又感人。

《旋風傳奇3：旋風再起時》是涵蓋香港回歸二十年中的故事，在回歸的美好憧憬與殘酷現實的旋風中，這位旋風青年的起與跌，成與敗，雄心與失落，夾雜着少年往事的回憶，家庭的不和，國民身分的疑惑，情愛的迷惘、幸福的抉擇，甚至是宗教的探索，疾病的煎熬，生離死別的衝擊等等，全部都是那麼真實，那麼貼地，又那麼震撼人心，激勵人志。書中情節跌宕起伏，不認識耀輝的人，一定會以為這只是作者杜撰，事實上，書中故事，基本上是基於耀輝提供的資料，我只是用多樣的文學手法，鋪排材料，在適當之處加以豐富，呈現故事，吸引讀者，為讀者，尤其是青少年，帶來思考刺激，使他們有所感悟，有所啟發，振作做人，認真做事，拓展心胸和眼界，努力追尋自我的人生定位，活好自己，在這大時代中發熱發光。

年中，我開始寫了首三章，已經寫了共一萬多字，然後去了一趟旅行，回來後再看，不夠滿意，把心一橫，重新構思，從頭再寫，我要題材更反映真實而引起共鳴，我要情節更跌宕懸疑而有理有趣，我要篇章更緊扣而前後呼應，我要情感更充沛而傾瀉流露，我要文字更優美而感人至深，於是，改了又修，修了又改，去蕪存菁之後，寫了五萬字，以致原訂在2017年作為香港回歸二十年獻禮而出版的新書，要延遲至今年才和讀者見面。

書名訂為《旋風再起時》。

書名中的「旋風」，喻意人生際遇的變動，可以如旋風般淩厲、危險和不可預測；同時，「旋風」，也喻意了主角和他有關的身邊的人在旋風變幻中，內心的波動與掙扎；

「再起」，表示不止一次，是一而再，再而三，呼應着書中情節一浪接一浪的上下起伏，跌宕不已；

「時」，是指在旋風中心，耀輝的反應，耀輝的應付，耀輝的處理。

風起了，不是習習清風，不是陣陣涼風，是狂吹暴捲的旋風，如果你被捲在中心，你會怎麼辦？

一起推動少年文學

兒童少年文學，有些人會覺得小兒科，事實上，兒童故事和少年小說，寫來更要費盡心思，既要小心於題材的取捨以符合年齡層，又要精心於情節的鋪排創新以吸引閱讀興趣，更要巧心於文字的運用以提升讀者語文水平。兒童少年文學，要求情理趣俱備，兼要能適應不同年齡不同品味和階層的兒童少年讀者需要，發放跟他們同一波段的正能量，以對他們的成長建設起正面的影響。這樣的謹小慎微，完全是出於兒童少年文學作家應有的愛護兒童少年的崇高心意、嚴謹態度和深厚功力，絕非一般潮流作品可比。

聖保祿學校校監兼校長黃金蓮修女，辦學是出了名的創意迭出，不墨守傳统，敢打破成規，推陳出新，追上時代。在教學上，她對我賞識有加，百般包容，支持無限，她答允賜序，是我的榮幸，也是對我的再一次肯定，更是對兒童少年中文文學的支持，我實在覺得喜出望外，感激萬分。

《旋風傳奇3：旋風再起時》，得「中國全國中學生作文大賽籌委會」（香港賽區）主席崔綺雲博士寫序推薦。這位香港大學校友，擔任漢華中小學校監多年，對推動教育有心有力，致力籌辦作文大賽，提升香港學生中文表達能力，值得敬佩，謹此致謝。

十分感謝香港教育大學中國語言學系系主任施仲謀教授、拔萃女書院劉靳麗娟校長太平紳士、《灼見名家》網絡傳媒社長文灼非先生、法律博士及國際公證人駱健華律師、著名兒童文學作家嚴吳嬋霞女士等五位教育、傳媒、兒童文學界重量級人物，擔任本書推薦人，還有本書原型人物李耀輝先生贈言，他們的殷切勉勵和支持，實在有助鼓舞我們的下一代，要喜愛閱讀，從閱讀豐富人生，植根於博大精深的中國文化，建立心靈樂土，走向廣闊的世界，走向美好的人生。

兒童少年需要優良的兒童少年文學讀物陪伴成長。《旋風傳奇系列》的出版，有賴新雅文化事業有限公司董事總經理尹惠玲小姐對我的信任和賞識，努力推動系列的出版和市場推廣，多謝；新雅文化事業有限公司出版顧問甄艷慈小姐的支持，多謝；還有新雅出版團隊的努力，多謝。

希望這本《旋風傳奇3：旋風再起時》，跟系列中前兩本《旋風少年手記》和《魔鏡奇幻錄》一樣，能夠得到大小讀者的喜愛，發動了大家的正能量，積極勇敢面對人生種種，活出正面的自我，共同成就這個偉大的時代！

「喜愛兒童，親近兒童，全心全意為可親可敬可愛的兒童服務。」這是我寫少年兒童文學的座右銘。

孫慧玲
二〇一八年

一　你是我的天使嗎？

緣分天注定。

說起來，連我自己也不相信，中學「畢業」，公開考試成績零蛋，英文只會yes, no, I, you……的成績，憑一句重複說着的"I Like Army Life"，竟然會被破格取錄，收編入香港華籍英軍隊！

這不就是緣分麼？

當然，我那戇直的熱情、強健的體能、精湛的野外歷奇技能和鍥而不捨的蠻勁，深深打動了長官們的心，給予我機會。只是，與機會同來的，是說不盡的艱苦訓練，捱不盡的嚴苛考驗。是的，我都一一捱過了，並且僥倖地過關斬將，或者，也不能說是僥倖，而是因為我的確盡心盡力，不但要求自己做到最好，更要求今天要比昨天好，明天要比今天好，我知道，只有這樣，才叫百尺竿頭，更進一步，才能保持實力，立自己於不敗境地！

幾年後，我以優異的成績，被選拔到英國軍校受訓，在陌生的環境中孤獨地面對絕非常人所能忍受的壓力，每天就是費盡心機地應付淘汰、淘汰、再淘汰、又淘汰、又再淘汰的威脅。隻身在外，我能做什麼呢？難道天天打長途電話向父母訴苦？由父母向軍部投訴？（他們當然不會）。那年代，大家都在掙扎求存，沒有怪獸家長。

只有受過軍隊嚴格磨練、錘煉的人才知道：唯有咬緊牙關，打敗自己，戰勝別人才是硬道理。

終於，十二個月，三百六十五天的軍事技能訓練，上山下水、峭壁激流、野外求生，連同軍人IQEQSQ測試，我都應付過去了，拿着一張畢業證書，一張回程機票，踏上歸途。

離開英國軍校的前一個晚上，將軍把我召去他的辦公室，我心想：

「難道他知道我是香港軍部NO. 1擦鞋仔，叫我去擦鞋不成？」

「又或者，他和香港的英國人少校是好朋友，要我帶些東西給他……」

我萬萬想不到，他會這樣對我說：

「香港快要回歸中國了，到時英國部隊會遣調回國，華籍英軍部隊亦要解散，我珍惜你是一個人才，特別邀請你申請入英籍，給你居留權。」最後，他加上一句：「這也是你和英國，和軍隊的一個緣分。」

緣分，是嗎？

我沒有即時 say yes，而是要求給予時間考慮，只見將軍眉毛一揚，也不說什麼。軍人，永遠深藏不露，正因為深藏不露，永遠保持威嚴，才能使人畏懼、服從。

在回程的航機上，我苦苦思索這個「中英緣分」的問題。

忽然，空中服務員動作劣拙地倒瀉了一杯橙汁，弄污了通道旁座位上一位甜美女孩的衣服，展開了我和她的「手帕奇緣」——我借出了手帕，於是認識了她——凱旋。她漂亮、開朗、熱情，和我談得十分起勁、投機，我們談英國的天氣、食物、風光，那條London Bridge、倫敦眼、大笨鐘……當然少不了唐人街和近一百元一碗的雲吞麪……

難得的是她善解人意，就在機場裏，已贏得來接機的我媽的歡心。

媽媽身體不好，卻興致勃勃地讓姐姐陪着她老遠跑到機場來接機，被媽媽「憎惡」的爸爸也悄悄地跟來了，為免被媽媽發覺，鬼鬼祟祟地躲在柱子後面，這個性情暴烈的、被我説成是「那人」的爸爸，看來比機場老鼠更老鼠樣。

爸媽對我的愛，我怎會不明白？

媽媽看到了爸爸，嘴角一撇，一副不屑的樣子。她知道凱旋也住在東區，立即邀請她和我們一起乘的士，媽媽為何要邀請一個陌生人同行？還用説，目的不外兩個：一是她喜歡凱旋，要為我倆製造機會；更主要的是，要「撇」開爸爸，我們剛好四個人，爸爸不得同車。

看來，媽和爸的冷戰關係，並沒有因我去英國受訓而改善。

凱旋不知道我的家裏事，而的士連司機只可載五個人的常識也不見得好到那裏，她爽然地答應了：「謝謝伯母。」一副聽話的模樣。

「你住東區哪裏？我們先送你。」媽媽說。

「您們在那處下車，我便在那處下車，伯母，您老遠走來機場，也疲倦了，不要只想着照顧我。」凱旋挽着媽媽的臂膀，親切地說。

「這怎成?!」媽媽慈愛地說，像看媳婦般笑不攏嘴，跟瞪着爸爸時的怒目撇嘴，簡直是兩個樣子。

「您不用擔心我的呀。」凱旋也堅持，我想，始終這是第一次相識，她不想我們知道有關她的太多吧。

「媽，你也疲倦了，不如你和爸爸先回家休息，我另外僱車送凱旋回家吧。」媽媽有心臟病，不適宜疲勞過度的，而且我也希望爸爸可以和媽媽再走在一起，大家不用孤獨終老難過度日。

「來，凱旋，我們一起走。」知子莫若母，媽媽知道我的心意，根本不理會我。

一招失敗，我又來第二招：

「姐姐回家了，哥哥和我也回來了，我們一家一起上館子吃飯，慶祝慶祝吧。」爸爸順水倒舟，興高采烈地贊成，讓媽媽提議地方，還乘機湊上來要摻扶媽媽，媽媽卻一手拖着凱旋，一手拖着我，緊緊不放，爸爸只好拉着兩個行李箱，跟隨在後。

早年因家境貧困，木屋環境擠迫，爸媽被迫將姐姐送給姨母撫養，直至哥哥到海外留學，我在軍營留宿，家中有地方，媽媽才接姐姐回來，一起生活。

你姐姐沒有生氣嗎？

很難說，她表面上沒有什麼，但我總覺得和她，沒有和哥哥那麼親切。自小，哥哥愛我、護我、支持我、幫助我，無論是運動上、學業上、生活上，他都為我設想，給我支持，給我意見，助我克服困難，度過難關，甚至我兩次害他撞崩門牙，使他變了「崩牙狗」，他也沒有惱我，我也愛他敬他崇拜他，一直以來，我都以為我和我哥「兄弟情深」，想不到的是，我倆兄弟，竟也會有反目相向的一天！

什麼？你這小子，真的是！唯一最親、最明白你、最支持你的哥哥，你也跟他過不去？到底發生什麼事？

這是後話，在適當時候，我自然會告訴你。

現在，姐姐回到媽媽身邊了，哥哥和我都海外學成歸來，一家總算團聚一起，總算整整齊齊了，這是多麼的難得，但媽媽卻不忿年青時一直受爸爸欺壓，要看他的臉色做人，忍受他的暴龍性格，就在幾年前，哥哥要出國留學，我加入了華籍英軍部隊，家中因木屋區遷拆收到「上樓通知書」的那一天，性格本來柔順淑靜的媽媽卻反起臉來，向爸爸發難，要和他離婚！

媽媽一向是「順得人」，嫻淑忍耐，說話輕軟温柔，對爸爸的話從來言聽計從，流着淚忍受爸爸的冷漠和暴躁，原來只是為了我和哥哥，能夠在有愛和健全的家庭中成長，現在，我和哥哥已經獨立了，已經離家生活了，她渴望自由之火燃燒起來了，隱藏在她內心深處的炸彈爆發了，她要回復自己本來的性情，一個渴望自由自主的自己，不要再看別人的臉色過活的自己，一句話，她要求活出自己了！

要求活出自己，有罪嗎？為什麼不可以？我不也是要活出自己嗎？

那一天，是我在軍營三個月，足足九十二天，捱着艱苦的訓練，好不容易放假回家的那一天，我永遠不會忘記，一進門，媽媽竟然拋給我一條家庭崩裂的苦瓜！

媽媽手上拿着房屋署寄來的「上樓通知書」！許多香港人引頸長候「上樓」機會，希望從此離開木屋區，不用再受火災、風災、食水短缺、衞生環境惡劣等問題困擾，但此時此刻，媽媽卻拿着「幸福的上樓通知書」，引發家庭風暴了！

媽媽吵嚷着要離婚！

「我和那人緣分已盡，不要再跟他在一起！」媽媽冷冷地說。

我們家境貧困，爸媽胼手胝足，合力維持這個家，二十多年的夫妻情緣，怎可能說散便散，一朝泯滅？現在，我和哥哥剛剛才算長大成人，姐姐又回巢了，這正好是爸媽的收成期，一家團聚，可以安安樂樂地生活，多好呀，為什麼媽媽要摧毀這美好的果實？

「他從來沒有把我當是人！」

「他從來沒有尊重過我！」

「他從來沒有愛護過我！」

「他從來沒有送過禮物給我！」

「他從來沒有帶過我上街、上館子！」

媽媽咬牙切齒，數落爸爸的罪狀，句句擲地有聲，但作為子女的我們卻覺得，對丈夫沒有愛的感覺，也可以用親情維繫呀。更何況爸爸每個月準時交家用；每天依時回家吃飯，從不在外尋開心；也從不買任何東西使自己歡喜過；更不曾放自己一天的假……

是的，爸爸是性子暴烈，說話粗魯，動輒對我責打，但，說句公道話：在養活一家人來說，他絕對是盡責的父親……

在這父母要決裂的關頭，我絕不讓步，好歹要他們住在一起，結果媽媽卻列出連串的苛刻條件：什麼一人一房，各自不得擅進對方房間；什麼各自開餐，同住不同食；什麼各自煮食，女方用完了廚房，男方才可以進去，還得負責善後清潔；什麼男方負責交租和水電雜費；什麼不得故意和對方說話，企圖接近對方……等等。

女人兇起來，有你想像不到的刁鑽潑辣，結果，這麼多年來，媽媽真的沒有再和爸爸說過一句話。

一切唯心造，有那種心態便有那樣的言行，自己還執着堅信不疑，對人對己都沒有好處，結果她的心臟病是越來越嚴重了，唉！

上的士時，媽媽才發覺姐姐忽然不見了影蹤。

你姐姐去了哪裏？

你還用問嗎？她不自己溜了，爸爸如何可以鑽上車來？

上的士時，凱旋善解人意地坐到前座去，後座車廂中，我坐在中間，一雙大手，一左一右的緊緊握着爸媽肌肉流失了的瘦削粗糙乾癟的手，眼淚悄悄地爬上眼眶，畢竟，父母雙全，是人生最幸福的事。他們現在這種關係，簡直傷透了我的心！！

夫妻「耍花槍」，來點生活小插曲，無妨，我也不會阻止，但這離婚鬧劇，也實在使我頭昏腦脹，無可奈何，苦惱萬分。

誰個子女不希望父母和和氣氣，好讓他們在外拚搏，回來有一個和諧快樂的家？

認識可愛的凱旋的甜，街頭重遇小旋的酸，軍旅生涯的苦，一年海外受訓的辣，通通湧上心頭，心情如倒翻五味架，我有太多說話要說，但現在回到香港，見到爸媽，吵吵鬧鬧，我又可以向誰說，更又從何說起呢？

但是，種種思緒，並沒有減弱我作為軍人的機警，在的士車前倒後鏡中，我瞥見後面有一部黑色房車，從機場開始，一直緊緊跟在的士後面。

為什麼我甫下飛機，便被跟蹤呢？

的士

不會是匪徒的車吧？我家境清貧，賤命一條，有什麼可劫的？是軍部的車麼？

我心頭一凜，不會是政治部的吧？我還未申請居英權，這麼快便調查我？

咦，申請居英權，要政治審查的麼？

你問我？誰知道呢?!

的士過了海底隧道，直上東區走廊，走向柴灣方向，我們就在柴灣一處酒家門前下車，老人家愛光顧舊地方，不像我們年輕人貪新鮮，那酒家，是爸媽日常去的地方。

那輛黑色房車仍在遠遠跟隨，我們下的士了，它也在不遠處停下來。這樣的跟蹤，太明顯，太劣拙了吧?!

酒家門前，哥哥來了，在機場悄悄溜走了的姐姐也到了，兄弟久別重逢，特別高興，我們相擁相笑。「Hi，狗仔，別來可好？嘿！高了、黑了，好一個強壯英偉的青年啊！」哥哥拍着我的肩膊説。

「哥，美國海歸，怎的崩牙不見了？」門牙不再崩裂，外號崩牙狗的哥哥笑容燦爛，更顯得英俊了。現代的整容術太造福人類了！

「是的，狗仔，你終於回來了，離家太久不好的。」姐姐分明有感而發，無論如何，家中有姐姐照顧兩老，做他們的中間人，調解鬥爭，我們在外拚搏，也比較安心些，我衷心感謝姐姐。

黑色房車仍停在不遠處，不熄火，也不熄車頭燈，車內到底是什麼人？他們想做什麼？

「不要站在路邊說話，我們上酒樓坐下再談。」爸爸當然不會注意到跟蹤車輛，提議道。

一行人走在前面，凱旋故意殿後。

「Panda，我不和你們一家吃飯了，爸媽在家中等我。」看我，見了哥哥，連凱旋也給忘了。

「我送你。」她既然這樣說，我也不勉強她。

「不用，不用，你快進去吧，拜拜。」她一邊堅決說不用，一邊推我進酒家，然後她便拉着行李掉頭走了，動作多敏捷利落。

一轉頭，我瞥見她上了黑色房車。

這個已鑽進我心房的天使般的女孩，到底是什麼人？

她和黑色房車有什麼關係？

凱旋，你會是我的天使嗎？

（有關耀輝的少年故事和軍旅故事，可以看看《旋風傳奇1：旋風少年手記》以及《旋風傳奇2：魔鏡奇幻錄》）

二　人心，只有更險惡

兩房一廳，五個人，三男二女，很明顯，我和哥哥要捲着被褥在廳中打地鋪，兩兄弟，並肩同眠，勾起童軍露營同帳同宿的快樂回憶，倍感溫馨親切。

哥哥在美國攻讀的是航天科技，我專長的是軍事技能，各有所長，前塵往事，加上對未來的憧憬，兩兄弟，自然有談不完的話。

哥哥告訴我，他在蜜運中，要好的女朋友是在美國出生長大的ABC（American Born Chinese），他愛她有外國人的爽朗獨立、知情識趣、有上進心，對他留美有很大的幫助；她則愛他有中國人的奮發刻苦，自強不息，願意為她而留在美國，捨棄香港的一切。

「你呢？今天一起和你同飛機又跟的士同來的是你的女朋友嗎？」哥哥說的是凱旋。

我本來希望可以是，但又覺得好像不是，我連她是誰也不清楚，尤其是發現她登上了那輛跟蹤我們的神秘黑色房車之後，我便忐忑不安起來了。

「你看她那名牌行李箱，便可猜到背景非比尋常。如果有意思，便不要放過了。」哥哥見我猶豫，即大力鼓勵說。用盡方法取得想要的，甚至是攫取，從來都是美國人的特性，留學美國，哥哥更明白竭力取得想得到的硬道理。

「……」我不知道如何回應，原先我以為對凱旋一見鍾情，現在我卻對她的身分起疑了。凱旋，真的可以是我的所愛嗎？

太疲倦了，沉沉睡去。

第二天，從夢中乍醒，還以為自己起個大清早，卻原來已經日上三竿了，「霍」的彈起身來，三分鐘不到，奪門而出，我被通知，今天九時正，在軍營報到。天，現在已經是八時二十五分了！我要由柴灣到中環添馬艦碼頭登上專船去石崗軍營，不夠時間了！真恨不得有一雙翅膀！

爸媽早已出門晨運去了。他們還是各自活動，各自出門，各行各路的，我連他們起牀活動也不知道，與其說他們躡手躡足功夫做得好，不如說我失了軍人的敏感性、警覺性！我嚇得出了一額頭汗，「還說自己是軍人！」我真有點無地自容了。

回到家中，人放輕鬆點，又有何不可？你迫得自己也太緊了。

戰場詭異，風譎雲湧，軍人不能給自己任何藉口，包括遲到。

下了車，以競跑速度直奔添馬艦碼頭，剛到碼頭入口處，便聽到鐵閘「嘭」的一聲巨響，糟！鐵閘被關上了，上不了這班船，我便要遲到的！我真的要遲到的！我急得如鍋上螞蟻。遲到，在軍中是「罪行」！要坐牢的！輕則七天，如果上士心情不好，也有可能判十四天！我不要做囚徒！我不要在軍人冊上有污點！

可以解釋嗎？可以求情嗎？

在軍隊中，這叫駁咀，罪加一等，要加倍刑罰的。如果說因家事令自己遲到，更會被嗤之以鼻，淪為笑柄。堂堂軍人，怎的變了裙腳仔，抬出家庭？爸媽？

跳船，最多被斥魯莽，好過要見上士，上軍事法庭，判罰坐牢守行為！我不顧一切，攀過鐵閘，呯呯嘭嘭飛奔下橋頭，船夫已解下了繫船索，船頭正徐徐駛離碼頭，我不理三七二十一，一聳身，往船尾甲板處就跳過去……

平安着板！

我正為不用犯「遲到罪」吁一口氣時，便見到船伕走過來，不由分說，指着我破口大罵：

「臭小子！#%#@XYZ……這樣跳船，想害死我麼！你這害人精、死小子%#%#>@~……你不死我死……XYZ #>@*~……」（下省一千字）

一輪痛罵，罵足好幾分鐘。我站在船尾甲板上，搔頭抓耳，臉紅耳赤，心卜通卜通狂跳，只怕他告訴船長，船長再泊好船，把我轟上岸——船長絕對有此權力。這樣一來，船上其他人又要被累遲到了，船長有難，我更罪加三等。

這也不能怪船伕，如果我跳甲板時，失足掉下海中，或撞到船身受傷，斷手斷腳致殘；或撞到頭部昏迷致癱，或被船槳打傷出血遇溺……無論什麼情況，生或死，他都觸犯軍紀，要負上責任；如果是敵方人員成功跳船，潛入軍營，他更是疏於職守，重罪難饒。我無端帶給他麻煩，甚至災難，他當然反應激烈。哼，用粗口痛罵幾分鐘，發洩一下，也不為過唄。

只是，他也是軍方一員，必須按照軍方程序指引，向上頭打上詳細報告。

「你這臭小子衰仔拚命輝，害人不淺。」他悻悻然對我說，沒見整整一年，他居然還記得我。

跳船，只是記缺點；遲到，卻是犯罪要上軍事法庭，我只可兩害取其輕，你說，我還有選擇嗎？

就在這時候，我的胃忽然絞痛起來，我冷汗直冒，面色倏地刷白，船伕的咒罵聲也越飄越遠了……

我頹然坐在甲板上，嘗試放緩呼吸，用深呼吸調節五內的緊張，遲到的壓力、父母的不和、愛情的迷惘……通通隨着海風，緩緩地吹散了……

我的內心，漸漸平靜下來……

法。

我沒有能力控制外在的環境，但我可以調伏自己的內心，這是我一貫的做法。

遲到問題，已在跳船的一刻中解決了，還擔心什麼？

父母不和，是他們的緣份減弱，到有一天，媽媽回心轉意，或許就會有轉機；就算媽媽永遠不肯原諒爸爸，我也沒有必要將他們的問題轉化為自己的煩惱。

愛情的迷惘，我正值青春少艾，不能為一棵樹而放棄整片森林，不急不急，更何況我氣宇軒昂，滿身男兒氣概，哪用愁沒有女孩子愛上我？戀愛？急？急什麼呢！

天上，太陽光從東邊山頭斜射而來，我帶着滿身灑落的冬日陽光，走向戒備森嚴的軍營——石崗軍營，我的第二個家。

在大閘前，我被截停審查，石崗軍營沒有Panda Lee要入營的紀錄。我今早惶急，又忘記了先撥一通電話通知軍部，沒有通行證，沒有准許，儘管你是誰，或曾經是誰，都休得進入軍營重地。

我被拒進入，站在閘門前，聽到天空上傳來呱呱聒噪，抬頭一看，一隻烏鴉在我頭頂上拍翅飛翔，舒展自在地斜切着晨曦，忽然，在牠下面有一團東西朝我頭頂落下來，我機警地跳去一旁，「啪」的一灘白色的雀糞，應聲濺在地上！

「死烏雀！看招！」我俯身拾起地上一塊石子，隨手向天空勁擲上去，那隻烏鴉，卻悠悠然拍着雙翼，呱呱呱叫着飛進了軍營。

一輛綠色軍車倏地駛至，飛上去的石子正勢盡掉下來，「噹」的一聲，墜落在軍車車頭蓋上！

福無重至，禍不單行！我今天頭頭碰着黑!!

少校的座駕剛巧從外面回來，遇到我的石子襲擊，我今次闖的禍可大了!!

「Welcome Back, Panda!」少校表情嚴肅地看着我，糟透了！

他招手叫我上車。這位不拘言笑的英國「獅王」，機靈狡黠，處事深謀遠慮，運籌帷幄，從容不迫，不動聲息，不怒而威，氣勢懾人，給人冷酷無情，只講軍紀不講人情的印象，叫人不寒而慄，絕對是軍中的強勢領導。在軍中，只有我覺得，和他表面上是上級和下屬關係，實際上卻有師徒情誼。從我十八歲軍部面試，被破格取錄，到罰我擦鞋、熨衫、洗廁所；到教我英文，又一錘定音保送我去英國上軍校，他一直是我的伯樂，我的守護神。沒有他，可能我今天什麼也不是，而是社會上的「廢青」、「憤青」，甚至壞蛋。

他是少校，做什麼也可以破格破例。有他帶領，我無證入營。

一路上遇到營中各人，大家都舉手敬禮，客氣地舉手跟我打招呼，我上演了狐假虎威的一幕，覺得太好玩了，忐忑的心情得以稍微緩和一下！

「你回來了。軍部培育你成材，對軍隊，你有想過可以作更大的貢獻嗎？」

少校用英語問道。留英一年，全英語環境浸淫，現在，我駕馭英語的能力，就如第二母語，跟說粵語一樣流利。

「……」問題突然而來，我真的沒想過。他竟然不提石子擊車？人急智生，我回應道：

「Yes, Sir, I will do my best!」

我答非所問，少校也沒我奈何，只見他兩片嘴唇，輕輕向兩邊一裂，點頭示意我可以離去。

回到小隊報到。

「Panda，你回來了！」興奮說話的是率性的隊友油條，他身材高挑瘦削，動作慢吞吞，愛躲懶，優點是分析力強，富創意，只是許多時率性而行，做事不經大腦，曾經多次連累小隊受罰，使立志做一個優秀軍人，鋤強扶弱的我也沉不住氣，和隊友們上演一場「人肉沙包——暗裏打！」的暴力鬧劇。他，心直肚直，只會無心闖禍，不會存心害人，我卻聯同隊友，在夜深沉之時，當他沙包，打得他眼腫鼻腫、臉腫得變了豬頭。難得他久別重逢，熱情招呼，不計前仇，對他，我始終有愧於心。

「Panda, welcome back!」高高興興歡迎我的還有隊長，那位為人單純，愛說話，優點是英文好，聽從命令、做事效率高，又不會事事計較的隊長DJ，長官罰我剃去滿頭金髮時，便是由他操刀亂劏的，他後來卻又成了軍營中的剪髮王！副隊長是滿腔熱誠，勇往直前，有幹勁，可惜性格衝動的熱狗。

我隊的隊員還有人如其名的「薯仔」，腦筋比較遲鈍，出的主意不合用的多，優點是老實、不欺詐，做後勤工作最可靠；還有反應敏捷，有想像力，但為人小器，嫉忌心較重的檸檬，號召人馬襲擊油條的正是他和衝動的熱狗！

最後便是我，麥耀輝，人稱拚命輝、擦鞋仔的Panda Lee。

我原本所屬小隊的教官，仍然是L教官，一位盡心教導後晉的前輩，我很敬佩他，因為我跟他一樣，大家從軍，都是從最初抱着只想鍛煉自己，剛強自己的心態，轉而為以軍人為天職，立志保衛弱小和家園的，更值得我欽佩的是，L教官的父親也是華籍英軍，曾參加過抗日戰鬥，而L教官的兒子現在也在軍部，三代從軍，十分難得，使人肅然起敬。

我和他一樣，參軍從不後悔，以做一個好軍人為志。

我向他報到。

他一看見我，立即滿臉笑容的向我豎起大拇指，還拍拍我的肩膊表示嘉許，未去英國上軍校前，這位教官，對我們下屬只有嚴格的要求，苛刻的懲罰，哪有像今天這樣率性、有直接的身體語言的嘉許?!

「Panda，你沒有令我丟臉。」

是的，教出來的學生考到好成績，做老師的當然面上有光，與有榮焉。

就在當天，軍部宣布委任HK9771，即我，Panda Lee，麥耀輝為教官。

我興奮得想舉臂跳起大喊：「爸媽！我得咗喇！」

但在軍部同僚面前不可以，我只能故作冷靜地肅立，嘴角也不能掀動一下，一派很「酷」的樣子，不露真情，讓人摸不透，這才夠震懾力。嘻，好笑不?

新教官的工作是負責訓練新人小隊，油條被調來做隊長，副隊長是薯仔。

這委任，有你受了，魯莽躲懶的油條，腦筋遲鈍的薯仔，分明是靠害。

軍部今年推行了新制度，六人小隊，新舊不混集，以防舊人欺負新丁，減少新舊衝突。只有隊長副隊長是舊人，由別隊調來，負責協助培訓新人，是擢升制度的一種新安排。

學成歸來，即被擢升，應該是高興的事吧？

我當仁不讓，開心興奮，又難免誠惶誠恐。

就像名列前茅的學生，一日考第一名，終生就要誓保第一名的名銜，維持第一名的榮譽，第一名的尊嚴。壓力何其大呢！

晚上，仍然為被委任為教官而興奮，這教官，是上士的職級，可以參加長官的聯席會議，身分雖說不上十分顯赫，但已算是高階的了。

睡不着覺，走到營中蹓躂，想順便看看我的小隊新丁。

月色下，牆角轉彎黝暗處，出現兩個身影，一樣的腰板堅挺，身形魁梧，為免騷擾他們，我後退轉身，準備離開。

「這教官職位，少校心中早已有人選，我也沒辦法。」一把略為蒼老的熟悉的聲音說，一聽，便知道是我尊敬的L教官。

「你要退休了，教官的空缺由他替補了，我還要等多久才可以升級呢？真氣死了！」說話的是誰？

對話引起了我的好奇，我駐足靜聽。

「你想想，才去一趟英國，回來便升級，去年，他不在港時，你為什麼不推薦我？」一副埋怨口吻，似乎在說我。

「軍中事事計表現，計成績，你夠能耐和HK9771競爭麼？」說的果然是我！

「他屢屢犯錯，昔有羣毆事件，近有跳船莽行，他憑什麼一回來即被點名擢升教官？這教官職銜，多少人夢寐以求！」說到激動處，大力捶牆。

「他已經被記了缺點，但上頭認為他能將功抵過，他功大於過。」L教官聳聳肩，無奈搖頭的說。

「每一年，都有人被保送去英國軍校，營中有好幾個同袍都曾經去過英國，上頭選擇多的是，為什麼偏偏是他？」說話人明顯地很不服我。

「不要再說了，已成定局，我無能為力，你自己好自為之吧。」

「想不到，你連自己的兒子也不力撐！」悻悻然，原來是L教官的兒子小L！

「除非，你找到他的錯處，才有望將他拉下馬。」早上，他才為我學成歸來而高興，現在他卻這樣向兒子教路？

人心沒有險惡，只有更險惡。

看來，以後的路也不易走哩。

看，第二天，在洗手間「民主牆」上，已經出現了以下紅油寫成的字句：

「Objection！有人參與過集體毆打，卻被升為教官！冇天理！」（分明是指將油條當作人肉沙包擊毆的陳年事件，這污點，真的一世洗不乾淨？）「此人早上，還犯了跳船的魯莽行為，現在卻貴為上士，他不配！呸！」（軍隊中最重要是機密，想不到今早的一件小事，已傳遍軍中。）「年資比他長，經驗比他豐富的大有人在，憑什麼輪到他紮升？」（字體有點像是我的前隊長DJ，我們在隊中合作無間，他也會嫉忌我嗎？）

「文化程度低，中學未畢業，英文更不行。」（這是那為人小器，嫉忌心較重，名叫檸檬的前隊友常在我背後説的話。）「上頭偏心！偏心！偏心！abc@&&#*^^XYZ……」密碼編號之後還跟着大串粗口，不寫也罷。

句句沖我而來。

而那位本來很欣賞我的教官L，從知道我被委任為教官那一刻開始，他便對我冷冷淡淡，不多理睬我哩！

我沒有刻意樹敵，敵人卻明的暗的出現了。

我知道，不用真槍實彈，沒有硝煙，戰爭開始了。

你有沒有壓力？

有壓力？沒壓力？全看我自己，我不能被外在環境左右我的情緒，我只要管好自己的心。

我明白，人生，不會沒有壓力。活着，就不要奢望不用面對壓力；要上高峯，更要準備承受壓力。

而我，在英國軍校期間，已經飽受壓力「提煉」，對被人寫紅字粗口謾罵，我輕抿嘴唇，情緒不起波瀾，沒有任何反應。

這些蒼蠅嗡嗡吵，有點煩人，算不了什麼。因為，對我來說，蒼蠅而已！

三　當年我們十八歲

小隊之中，有兩個舊人，油條和薯仔。是，就是魯莽躲懶的油條和腦筋遲鈍的薯仔，分別擔任隊長和副隊長一職，別人竊竊偷笑，說我執了兩個爛橙，我卻滿心歡喜，教官的職責正是培訓人材，何況油條魯莽中有機靈，常常有令人意想不到的創意；薯仔笨鈍中有忠誠，能夠忠心地執行任務，正是軍人難得的質素，所以，我堅信他們都是我的好拍檔。

有的人，看人看事只會看黑暗面，結果與成功擦肩過，使自己懊悔終生，終落得怨天尤人，跟自己過不去的局面，過着痛苦的人生。

有的人，看人看事總能看到光明面，結果是開拓無限前程，讓自己有所作為，發熱發光，無愧一生。

作為教官，我的職責是發掘下屬的天賦，使他們弱者變強，強者更強。

新年伊始，代表萬象更生，未到農曆年，朔風未至，太陽仍然和煦地照臨大地。

校場上，我以教官的身分和自己的小隊隊員見面。

「報上名來。」

「9770，山貓隊隊長，Sir！」油條說話，精神抖擻，中氣十足，很有隊長威儀。看來，他昨晚沒有窩在被褥中「打機」吧？他的編號比我還要早，名義上應該是我前輩。嘻，命運由我創，油條要痛下決心改變自己的性格和壞習性，才能提升自己，開拓大好前途。

「9779，山貓隊副隊長，Sir！」薯仔字字清晰，一副想做好榜樣給晚輩看的樣子，這種心態，不是「扮嘢」，是年青人進步的動力，我要好好掌握。薯仔跟我同一年入伍，我們相處日久，有兄弟之情，現在卻變成下級跟上司，以他憨直的本性，他應該不會對我心存芥蒂的。

「HK2015，招陽，Sir！」多陽光的名字，他是正能量的化身嗎？看他面色紅潤，一身陽光氣息，應該是戶外活動愛好者，想會很快適應軍旅生涯的。

「HK2016，郭力，Sir！」這小伙子名叫郭力，人卻生得並不高大，五官標緻，皮膚白皙，應該入娛樂圈，怎的走來當兵，要跟人角力了？

「HK2017，仇朗普，Sir！」我看他臉膛四方，斜睖着眼，目光閃爍，面有慍色，一副氣恨難平的樣子，卻又有失自信，難道來自複雜的家庭，是個憤青？

「HK2018，易權，Sir！」逆權？人如其名，看似頗精靈，但長得鼻尖唇薄，一臉反叛相，可能是隊中的挑戰者，也好，有敢於挑戰的隊員，我這教官才能精益求精，能人所不能。

看新丁四位，位位都是「性格」之人，我這新教官，絕不能掉以輕心了。

「HK2018，為什麼把頭髮染成金色？」易權金色的頭髮在陽光下特別刺眼，我不能視而不見，便故意挑戰一下這逆權小子。

這問題，不正是當年我到軍部報到的第一天，L教官當眾質問我的問題嗎？

「No！Sir！自然變色的！」這小子，多像當年的我啊，我有點喜歡他了，但是，為了長官的威儀，我得保持一臉肅然。

「你又不是外國人，怎會天生金毛？還自然變色？」有點想挫挫其銳氣的語調。

「你沒有聽過伍子胥一夜白髮的故事麼？Sir！」

伍子胥？哪個伍子胥？這個伍子胥，是軍官麼？還是運動員？真的沒聽過。

我眉頭一皺，心中正盤算如何應對，才不致掉入他那「伍子胥」的陷阱。

「軍中不也是有個因游泳而頭髮變金色的前輩嗎？」易權又説，他不知道自己説的正是我，油條和薯仔已經忍不住「嗤」的一聲笑了出來。

我白了油條他們一眼，轉而目光淩厲地瞪着易權，就像當年L教官訓斥我一樣：「軍中不許染髮，不許highlight！」

「No！Sir！自從我玩過乘風航海上歷奇，在海上暴曬七天之後，我的頭髮便變了金色，再沒黑過來，Sir！」説時有點洋洋得意，分明覺得自己與眾不同。

我倒抽了一口氣，乘風航！海上歷奇！越洋之旅！

我想起了我的「志風號」！

我永遠不會忘記的志風號！

它承載了我年輕的夢，我的勇氣，我的怯懦。

我命令油條帶領全隊去練習「托杉」，隊長在前，副隊長在後，全隊人一起托起一條大木杉，在大校場跑十個圈，我按下計時器：「開始！」

我自己，卻情不自禁地沉湎在回憶往事中。

那是多年前的往事了。

那一年五月底，我終於完成了那折煞人的中學公開考試，我不喜歡讀書，但卻有寧願捧蛋，也不缺席考試的勇氣，在那場公開考試中，我由頭到尾科科陪坐陪考，不問結果，只求參與，覺得這樣才對得起自己運動員不放棄的本性，對得起父母師長，天地良心，盡了做子女和學生的責任，我要以出席中五會考作為正規學校教育的終結號，我更在考最後一科後在試場當下立誓：

「我，麥耀輝，發誓從此不再參加這類勞什子的考試！」

我認為人生，除了考試，可以做的事實在太多，我要——青春無悔！做適合我性格和志願的事。可是，人生的路，真的可以如自己立誓般嗎？

考試完了，是悠長的假期，百無聊賴，沒道理天天跑山和游泳吧，袋中又沒有零用錢，有需要找點外快，因為我想報名參加野外歷奇學校Outward Bound的志風號——十八天菲律賓海上歷奇之旅，我需要二千八百元交學費。在當年，二千八百元，對一個剛離開學校的男孩來說，絕對不是小數目，我想，我已經十八歲了，沒理由，也不好意思張大手掌向爸媽要吧？爸媽已經養大了我，供書教學，衣食無缺，十八歲，有氣有力，可以自立了，怎可以向他們要錢去「玩」什麼海上歷奇呢？我想，我應該自己想辦法去掙這筆錢。

那時期，正值香港工業起飛的歲月，工廠多的是，尤其是柴灣，除了木屋區，就是工廠，高樓大廈可說是寥寥可數，街道牆壁上、燈柱上，貼滿了聘請的街招，好像都向我們招手，告訴年輕的我們那兒有錢途。

於是，我和同樣住在木屋區的幾個死黨同學，阿信杜禮信，諢名青蛙的柯元和歐迪臣歐D，決定一起到工廠找活幹。

工廠林立，什麼類型都有，欠缺的是人手，加上當時也沒有什麼不許僱用童工的法例，十多歲的孩子，只要樣子不太幼嫩，便會來者不拒，十七、八歲的大男孩，年輕、有力氣、不知疲倦，正是所有工廠羅致的對象。由於姐姐的關係，我們去到一間生產礦場大貨車車輪的工廠叩門。

「你們只是來玩一頭半個月吧？根本無心做長工，是嗎？」負責面試的部門主管皺着眉頭問，一臉的不耐煩，工廠根本缺人，何必裝模作樣呢？我心中暗笑。

「噢，不是的，我們有心找長工，要掙錢幫補家計啊！」我一臉正經的說，雖然我明知自己志不在工廠，而是制服團隊，但在這時這刻，我需要的是錢，所以真心的想立即開工，立刻掙錢。我沒有說謊。

「你們要知道，這是一間生產外銷的礦場大貨車車輪，即廣東人說的車轆的大工廠，不是讓你們來玩玩的。」主管大人還是不放心。

在進入工廠區時，我們已親眼目睹那些車輪，嘩嘩嘩，近十呎高，真的巨大得十分駭人。

「我們當然不是來玩玩的，你看，我們生得高大，在學校是體育健將，有氣有力，不會偷懶。」我笑嘻嘻地說，其實心中也懷疑自己是否喜歡在十呎高的塑膠怪物中間鑽。

「也罷，你就是耀輝嗎？由於你在寫字樓的姐姐的介紹，我便給你們工作機會吧，跟我來。」那年頭，人事關係真的很重要，走後門、賄賂、疏通……等廉政公署成立以來嚴禁的動作，在當時真的是平常事。

我們終於被聘用了，更出乎意料之外，只被安排到鹵鱗狀硬膠配件部門，做些生產零件的工作，「你們太年輕，沒工作經驗，就在零件部幫手吧，日薪五十元，半個月出糧一次。」主管大人好像特別關照我們似的說。

「但工廠門口貼的街招說明一百元一天的。」我滿臉疑惑的說。

「那是熟手工人，你們什麼也不懂，不值那個價錢，不要囉嗦，你們到底做不做？」

我們面面相覷，竟不約而同説道：「做、做、當然做！」在工廠，我只是過客，我內心有股歷奇活動的火，正在燃燒，我需要錢！

我絕對沒有想到，在這工廠裏，幸運之神正在等着我！但這是後話了，在此暫且不表。

開始工作的第一天，還未坐下，先環顧四周，發覺在同一條生產線上，竟然還有其他同學：魯千帆和石磊，當我和阿信、柯元、歐D還在苦苦思索掙錢途徑時，他們已經開始在這裏工作了，比我們才早了半個月，已經掙到了六百大元！噢，多讓人羨慕呀！

大家高興地打過招呼之後，我才發現這部門還有女孩子！年輕的她們都低着頭，全神貫注地在檢查零件。我連她們是什麼樣子也看不清楚，不，清楚點説，是沒想到要看個清楚，對女孩子，我可説興趣不大，也沒想過要追「她」或「她」，反正我抱着過客的心態，來這裏工作，目的只是掙錢。那一年，我才剛剛十八歲耶。更何況，我心底下，還是記掛着中三那一年認識的旋風少女小旋。

唉，你真長情，從來，多少英雄就是為長情所累。

窈窕淑女，君子好逑，少男追少女，天經地義吧。阿信也許說得到，你追人，人選你。你看魯千、石磊、柯元，生得高大好看，能給女孩子虛榮感，曾經迷倒不少同區女孩；你看杜禮信、歐D，讀書成績不錯，可能升到大學，前途無限，能給女孩子安全感；我呢，樣貌不算「靚仔」，又讀書不成，沒有讀書成績，只有運動戰績，對人生，另有追求。而且，目前，我最關心的是錢。

只是杜禮信、青蛙柯元、迪臣歐D、魯千帆和石磊，在工廠工作之餘，就是念念不忘去邀約工廠裏的年輕女工去吃飯、看戲玩樂，更打賭看誰能夠得到那位坐在右角落，皮膚白皙、臉尖尖、眼大大，很像日本妹的那個外號cool冰冰的女孩。

下班，六個大男孩一起走在路上，魯千問道：

「喂，狗仔，隔鄰條生產線上有個靚女，你有沒有留意？」自中一開始，我便有「狗仔」這諢號，同學叫起來，我不但不以為忤，更有熱呼呼的親切感，畢竟，它是我成長的印記。

「沒有呀，誰呀？」我漫不經心地問道，盤算過今天掙了五十元，一副市儈心態。

「坐在右角落，皮膚白皙、臉尖尖、眼大大，很像日本妹的那個呢。」

像日本妹？我更沒興趣！我家和日本有家仇國恨，爸爸告訴我：當年日軍長驅南下，所到之處，燒光、搶光、殺光，搶擄男孩和壯丁去做苦役，十六歲的大伯父被捉去，挨不住「放飛機」酷刑，死了；爸爸才九歲，便被迫離開父母，穿着祖母特地為他做的布鞋，隻身逃離鄉井，沒有父母的日子，想想也難過！媽媽呢，父母逃不過戰爭時期生活困苦的煎熬，冒險「走水」到南洋，途中竟然意外死亡，所以，才幾歲大的媽媽也得跟兄長到處躲藏逃避日本兵，恐懼陪伴她成長，造成她多愁善感的性格。

日本妹子？絕對不是我杯茶！

我現在要做的，不是「追女仔」，而是全心全意要考運動和歷奇的專業牌。

「你們對她有興趣？」我好奇地問。

「不要說了，她冷得像塊冰，呆得像木頭，高傲得像隻雞，廠裏單身男子都想接近她，全部都被橫以白眼，只好歪頭縮頸地知難而退。」「雞？你是想說peacock，孔雀吧?!」阿信糾正千帆說。

魯千生得高大英偉，說語風趣，很得一眾少男少女心，他想接近的女孩子，沒得不到手的，看他和鄰區女校的女孩子玩得多投契便知道，連他也失手，可見這冷如冰又硬如木的日本妹子真的不好惹。

魯千、石磊二子，生得斯文好看，又有中五程度，好歹是個中學生，比廠內那些只有小學程度的男工強得多，他們已經來了半個月，日本妹子為何對他倆總是不屑一顧？

「工友們背後叫那位女孩冰冰，說她只有十六歲半，cool得像雪藏木乃伊，十問九不應，生人勿近的。」看來杜禮信也注意到她，已經查問着她，知道她的英文名叫Iris。這小子！

「我們來個比賽，看誰追到她。」

「狗仔，你有膽參加嗎？」

「開玩笑，我沒空！」

「不要找藉口，你沒信心才真！」隨着的是一片噓聲。

六月，海洋公園宣布水上樂園即將開幕，現正招聘救生員。

我不假思索，也沒告訴任何人，包括爸媽和工廠裏那五位「工友」，自己跑了去應徵，做救生員，總好過做齒轔狀硬膠配件工廠仔吧?!（職業無分貴賤，我當年不應該這樣説。）救生員這工作，和我的興趣比較接近，薪酬也比較高；而且，最重要的是，在海洋公園水上樂園工作，始終是朝着運動職業方向發展比較好的踏石階吧，我計劃，從這裏，我要向更高更遠處跳去……

海洋公園很隆重其事，召開了考聘會，會上，應徵者人人身形健碩，皮膚黝黑，頭髮微帶金色，是池水海水和陽光殘虐下的明證，其中有些更已經是全職或業餘救生員，我想脫穎而出，其實也不容易。

面試時，我帶上了所有運動比賽，包括長跑的、游泳的獎盃和獎狀，還有童軍的各種技能獎章，當然，最重要的是拯溺獎章和證書，二話不說，全攤在桌上，看得遴選者目瞪口呆，說：

「麥耀輝，你好誇張。」

它們是最好的說明，海洋公園非聘請我不可。

就這樣，我遇到醉酒玩水伴作遇溺的內地大叔、冲浪出醜的比堅尼小姐等趣事，為年輕的人生增添了許多情趣。

九月底，秋風至，天氣轉涼了，海洋公園水上樂園也關池了，我也已經掙足了錢，報名參加那夢寐以求的志風號十八天菲律賓之海上歷奇之旅。

十月初，颱風季節漸過，強烈的朔風未起，正是航海的好季節，中心看了天氣預測圖，估計這個月在南中國海都也不會颳起颱風，於是，志風號決定依時出發。

四　出海去，試極限

十八，多美好，多引人遐想的數字啊。

那一年，我十八歲，剛好可以報名參加志風號十八天菲律賓海上歷奇，從來，歷奇活動都是我的夢想，只要有歷奇，就有挑戰；只要有挑戰，我的魂魄就有寄託；只要有寄託，我的心才能踏實，我年輕的躁動才能沉澱，人才能安靜下來，思考人生下一步。

未上志風號，未真正出大海，參加者要先到西貢大網仔總部上一些基本課程：由最基本的帆船結構、導航知識，到掌帆技術、繩結技巧，甚至巡邏秘笈等等，有了基本功，才可以在船長和導師帶領下，輪流親身駕駛帆船，投入南中國海，直趨目的地。

奇妙的是，團隊也是十八人，分成三組，六人一組，不叫Team，叫Watch，我屬於Green Watch，另外兩組是Yellow Watch和Red Watch。綠黃紅，紅黃綠，交通燈，我抿抿嘴，在心裏笑了。

Green Watch組員有兩女四男，十多歲到五十多歲，老中青男女結合，經驗與無畏，成熟與天真對碰，看似不錯嘛，希望可以擦出火花。我是全船最年輕的小伙子。

每天集訓前，導師都要我們先到碼頭做Morning Dip，即「跳海濕濕水」，説是和大自然接觸一下，順便振奮振奮士氣云云。

「無緣無故弄得一身濕透，事後又不給時間好好洗頭洗身換衫吹頭，真無聊。」綠Watch一位四十多歲的女隊員幽幽地埋怨道。後來我才知道她是某大外資銀行高層，説是被派來鍛煉鍛煉，作升級前準備云云，四十多歲的她，平日打扮端莊優雅，化妝上班，現在，已屆中年，為了更上層樓，做女強人，也只好俯首應命，硬着頭皮來接受考驗。只是，做銀行也跟歷奇扯上關係，奇怪吧?!她是銀行的Vice President，副總裁，所以我們都叫她VP，她好像也很受落。

「士氣，不用跳海振奮吧，喊喊口號也可以吧。」一個年青人噘着嘴呢喃道，他大約二十出頭，正在讀大學二年級，聽説香港八間大學的學生，無論是在迎新日或什麼比賽前，要振奮士氣，真的只是用喊喊口號擺擺勝利手勢的省力法。看他戴眼鏡皮膚白皙四肢幼小，分明是懶動四肢之輩，他叫阿強，説話像喃嘸，説參加志風號，志在追風云云，文弱書生耍浪漫，笑死我。

最特別的是組內有位腿部傷殘行動不便的中年男士Thomas，三十多歲，是一位社工，他也來參加海上歷奇？只怕海上風詭雲譎，有事呼天不應，叫地不聞，那時人人自危，沒人能幫助他，我們都有點擔心他會拖累全船人，不過他腿雖殘障，雙臂看來倒還是健碩有力的。

綠Watch中還有一位頭髮斑白的男士，生得五官精緻，雙目炯炯有神，對人彬彬有禮，很留心上課，寫很多筆記，但很少説話，在自我介紹時，他説自己行將步向登陸之年，要我們叫他Uncle John。哈，看他面無皺紋，我還以為他只是中年白髮呢！五十、六十，是中國所謂知天命和耳順之年，還來玩可能要命的海外歷奇做什麼?!我真服了他!至於他是做什麼工作的,他沒有說,也沒有人問他,這年頭,香港人開口閉口都是「私隱」,大家都「識做」啦。

最後是一位和我年紀差不多的女孩,名叫菲菲,她說自己剛考完高考,家中讓她放假一年,舒緩考試壓力,她想做什麼便做什麼,不用急於上大學,也不用急於找事做,不要給自己壓力云云。這,算是培養廢青?還是隱青?

「那你為什麼要參加這次活動?」年輕相聚,異性相吸,我和菲菲特別談得來,也不怕率直問她。

「我要自我發現,發掘潛能,自我開拓更美好的人生。」

像說格言,但,這不正是我對自己參加志風號的期望嗎?

吉日吉時,起錨!出發!

一百呎長的帆船,志風號,船頭指向菲律賓,宿霧!

以後,這十八天中,多辛苦的海上之路,十八位學員,無論老中青,都沒有航海經驗,是名副其實的烏合之眾,要共同去走,有點拿生命開玩笑的意味!老實說，我雖是愛冒險找險冒之徒，但我不愛玩命，看見十八天同舟的十七個人，真有點擔心。

哼！你這小子，自己在航海方面又有多強？

幸好，終於能夠和英國籍船長和兩位導師見面，他們都是富有航海經驗的人，尤其是對駕馭帆船，更是駕輕就熟，我放下心來，但可惜呀，他們都只說英語，我卻又是全船中英語最弱的一個，這十八天怎樣過？正皺眉之際，華裔大偈上場了，Hurrah！他說英語，又說廣東話，是負責帆船機械的工程師，我暗暗舒一口氣，我得救了！我最喜歡的還是大廚阿肥Paul，他性格樂觀，愛玩愛笑，平易近人，又因近廚得食，身材微胖，身手卻敏捷，他那十隻胖手指，無論做什麼，都靈活得像彈琴，優美又好看，直看得我發呆，嘖嘖稱奇。

浩浩蕩蕩二十三人，準備上船，每人背上，背負着自己的日用品，除了替換的衣衫鞋襪外，當然還有許多自己認為有用的東西，把大大的背囊塞滿了：碼頭旁，整齊排列了十八天的食物食水和琳琅滿目的雜物等等，等待「船員」搬上去，可憐一些平日家中有傭人，十指不沾陽春水的學員，搬得滿臉通紅，透着粗氣，看來十分辛苦。

陽光和煦，清水徐來，藍天白雲，大家開心又興奮，升起一面面的帆，準備吃着微風，在陽光下破浪前進，享受航海之樂。

Engage！

第一天第一更，便由Green Watch開始，每個Watch四個小時，負責駕船，然後須再做四小時當值工作，看航道，看天氣圖，看指南針，監察帆船傾斜度……亦即是說，一更當值，共八小時，之後才可以休息四小時。

多少小時也好，我急不及待，興奮莫名！

想不到的是，聽着船長發號施令，我都聽不懂那些英文，還以為有大偈翻譯，他卻要在機房工作，沒辦法，我只好別人怎樣做，我便跟着做，反應總慢人兩拍，笨拙得像頭豬，第一更當值，便覺得洩氣萬分。我自以為自小愛運動、愛歷奇，愛冒險，山野小子，年青力壯，身手敏捷，沒什麼可以難倒我的，想我最初還嫌組員中大媽大叔和傷殘兄礙事、口號哥不踏實、廢青小妹吊兒郎噹，但他們聽命行事，都做比我準，做得比我快，和船長及導師配合得天衣無縫。

就在這第一更，我知道，自己太目中無人，自視太高了，志風號，第一課，教曉我做人的大道理，就是要謙卑，人上有人，天外有天，我要懂得尊重他人。

風不大，船速緩慢，船身搖曳，體力勞動之後，我睡了好好的一覺，一覺醒來，走上船頭一看，咦，還似乎看見遠處有島嶼，我們到了哪裏？

「還在香港港內，你不知道嗎？船長昨天說過，這兩天都會在港內游弋、徘徊，讓我們好好學習控制船隻。」Uncle John說。

語文不好多礙事！

我紅着臉，懊悔以前的疏懶，以為精於運動勇於歷奇便可以闖出自己的一片天，結果語文卻成為我開拓人生大道的絆腳石！

這兩天，我總算學懂了Bow是船頭，Stern是船尾，post是面向船頭的左面，starboard是面向船頭的右面。大帆船，有三枝桅杆，掛三個帆，大帆之外，又有細帆，頂上又有小帆，最要命的是粗粗幼幼的繩索，多到數之不盡，拉哪一條繩，放哪一條索，真的弄得人筋疲力盡，緊張兮兮的，幸好我在童軍學過繩結，我綁繩紮結，導師也讚好，總算讓我挽回一些自信心。

第三天，做了幾個Watch，大家總算弄清了哪條繩繫哪個帆，風緩風大要用哪種帆，帆船在大家同心協力下，駛過了扼守着通往藍塘海峽及東博寮海峽的橫瀾島，島上半禿岩石上屹立着古老的紅白色燈塔，我們所有人被命令爬上主桅杆上。

桅杆下，菲菲抓住我的手，輕聲說：「我畏高！」我拍拍她的肩膊，對她說：「不用怕，我在你後面。」十八人，整整齊齊地一字排開，坐在橫杆上，向燈塔揮手說再見，在出海儀式的歡呼聲中，志風號輕快地滑出香港水域。

三條桅杆上，白色的帆鼓滿風，流線形的船底，卸去了海水阻力，志風號，在藍天白雲下優雅地駛進煙波浩蕩，氣象萬千的南中國海，遠處，還有一些掛着中國旗的、香港英國旗的漁船在作業，我們鳴汽笛打招呼，也得到他們鳴笛回應，人類之間，本該就是如此和平相處，心存善意的。

我腦中充滿幻想：想着在廣闊的南中國海和太平洋上空，雲淡天高，雲絲縷縷，時而白雲舒捲，瞬間化作雲朵如絮，雲蒸霞蔚之後，又見彩雲滿天，絢麗虹霓；看見海面上，星羅棋布的礁岩和樹影婆娑的環狀珊瑚島，像撒在藍色地毯上的耀眼寶石，招手叫你前去；晚上，星空萬里，星河燦爛，羣星布滿天空，密密麻麻，金光銀光閃閃，耀目生輝，我用在童軍中學到的天文知識，夜觀星座，辨別方向，指指點點，樂趣無窮……

第四天，南中國海，天上艷陽高照，海面上卻浪濤呼嘯，海浪明顯加強，帆船像被什麼拋上拋下似的，弄得船上大部分人頭暈作悶，媽媽常説：欺山莫欺水，不可不信！大海深不可測，變幻無常，絕非人力所能控制。海浪中，成羣成羣的小飛魚，隨着船邊飛躍海面，不怕風急浪湧，伴着帆船前進，我看得出神。

「Panda，忘了看輪值表嗎？」

什麼？有什麼輪到我嗎？我跑去看輪值表。

輪值表上清清楚楚列明：「第四天，中午，洗廁所，Panda」！

船上洗手間設在下層船艙內，狹小而侷促，蘊集了二十四小時二十三人的排洩物嘔吐物的穢氣臭味，這連進去「辦大事」也要閉氣匆忙完成，急速離去的。看似清潔卻又臭氣薰天滿布微生物的空間，叫人非不得已不入內。只要在艙面上，我們無時無刻不是濕漉漉的，就地解決小事，有誰知道？一個浪湧上來，便連人連地方沖洗乾淨，既方便衛生又不妨礙執行任務。當值時，我從未聽說過誰要上廁所，大家心照不宣哩。

現在，我卻要在帆船正在拋上拋下險渡浪峯的情況下，困身在內洗擦乾淨！我五內翻騰，想吐又吐不出來！我的媽呀！

走出那空間，仍然有反胃的感覺，廚神阿Paul說為獎勵大家學曉了控制帆船，他要特別為我們做頓豐富好吃的牛扒大餐，慶祝正式出大海。這肥Paul，是巧合還是故意的？竟會在我作悶難受的時候上牛扒?!

「Panda，為什麼不吃呀？我做得不好吃嗎？」這個肥Paul，真好捉狹，明明看見我臉青唇白，一副想吐又吐不出來的模樣，還故意這樣說。

我勉力切了一角牛扒，正要放入口中，帆船忽然向下一落，落差何止十呎！我身體一沉，叉上的牛扒便堵到我鼻孔上，弄得一臉一鼻都是醬汁，我只覺胃部翻騰，辛苦得不得了；菲菲早已捫着胸口，阿強更噴得一地都是……最後，連黃膽水也嘔出來。這是我第一次看到耳聞已久但從未見過的黃膽水，真的是黃色的，又腥又臭……

「嗚嗚嗚……為什麼我要來呀……」其實，阿強一出鯉魚門已經嘔個不停，還說手腕上防嘔帶有用！嘔完，他一邊收拾殘局一邊忍不住哭起來，大個男子，好窩囊，還叫做阿強！唉！

VP和Uncle John，輕拍他的肩膊，鼓勵他，他倆一把年紀，加上殘障的Thomas，反而沒呻吟過，一句也沒有。

難以忍受那些嘔吐物的酸臭，我放下刀叉，走上船尾甲板，也不敢走向船頭，想呼吸新鮮的空氣，是的，站穩腳，眼望遠方，是止嘔的一個方法。

老天！怎麼搞的？怎會無緣無故地風急浪高呀？

我是山野中的小子，泳池中的飛魚，卻從未玩過汪洋大海，未見過帆船在浪峯上下顛簸的情境呢。

這時，Yellow Watch在當值，Red Watch在執行監察。

「Panda，你猜猜，我遇過的太平洋地區的海浪有多高？」是大偈，正站在船尾觀察，問我道，分明想用說話引開我對海浪的注意，陽光射在他掛着水珠的黝黑的臉上，不知是汗水還是海水的水珠兒，反映着陽光，閃閃生光，大偈總給人可依靠可信賴的感覺，見到他，我頓時安心下來。

「十米高吧。」十米，即二百二十呎，有六層樓的高度了。

「是二十米，巨浪如山，凶險駭人，幸好我當時並不是在帆船上，是在十幾萬噸的郵輪上。」大偈說得輕描淡寫，我聽得目瞪口呆，是的，要做勇者，就得有這份從容。

第五天，無線電報告說：南中國海沒有颱風跡象，沒有氣旋集結，只是北方有股寒流壓下來，將會和南太平洋的暖風碰撞。天氣圖絲毫沒有風暴臨近的任何跡象，但大偈覺得風勢有點怪，叫大家小心。

海面上浪濤真好像更洶濤起來，帆船左右搖晃得很厲害，船長下令卸下帆布，升上硬帆布。我和腿部傷殘的Thomas合作，他一直不發一言，咬緊牙關，用健碩有力的雙臂拉動絞盤，牽扯繩索，把硬帆升上去，阿強和菲菲在旁負責拉索，皮光肉滑的雙手，早已被割得皮開肉裂了，難怪他們哇哇呼痛。

一夜吃浪，第二天，陽光普照，萬里無雲，天氣翳焗得像個熱罩，罩在南中國海上，什麼叫大海無情，風雲驟變，翻手作雲覆手雨，我現在總算體驗到了。本以為北方寒流至，天氣會變冷，現在卻是出奇的悶熱，大家在海上，揮汗如雨，海面上風浪平靜了，志風號前進順利，硬帆布也換回普通帆。

左邊飄來一大片一大片烏雲，在我們的頭頂掠過，沒有人去猜測這些雲朵帶着什麼訊息。

帆船動力，全靠風力吹動帆面前進，可說完全望天打卦。

忽然，船身被左側風一壓，猛然向右傾斜，右邊船身已到水邊……

「Gunnel Suppr! Post!」船長下令「壓弦•左邊」。幾天下來，我逐漸熟習船長簡單的發號施令。

穿着黃色雨衣，腰部扣上安全索的我們，雙手拉着繩索，紛紛動作敏捷地走上左舷上，然後坐下，用體重來調節船的重心，保持船的平衡，「好刺激，真好玩」，我心想。

我用自己的意志控制自己的身體，總算適應了海上節奏，不再作暈作悶了。阿強和菲菲也不再嘔吐了，菲菲說：「嘔無可嘔，正好減肥。」小妮子果然清減了。沒有怎樣暈浪，阿強仍然吃他的暈浪丸和戴着暈浪手鈪。Thomas一直認真地要克服身體殘障，專心一致，忘記了暈浪，VP和Uncle John沒有哼過一聲。老而彌堅，厲害！佩服！

烏雲過處，倒下傾盤大雨，海浪翻騰，海水沖上甲板，自艙頂裂縫中滲下船艙，桅杆吱吱嘎嘎吵響，好像隨時會被吹折、崩塌、瓦解一樣……

看那船長，看那指導員，面不改容，沉着堅定，絕對是經慣風浪的人，看着他倆，我心想：「是的，我也要做一個這樣臨危不亂，無所畏懼的人！」

大海無情，現在，我們只有協力同心，化解危機，別無他法。

烏雲過後，雨過天青，大海迎來一片夕陽，橙紅色的太陽，萬道橙紅，染得整個世界火海一片，回復風平浪靜，船身不再顛簸了，奮戰過後，身疲心不疲，我們站在船頭上，搭着彼此的肩膊，欣賞着天海千變萬變的美景，看着那鹹蛋黃，一截一截地在天邊沉下去，變成扁扁的橢圓形，光芒仍然耀目得不能正視，它金光横伸，繞在周邊放射，潑上紅色、橙色、黃色、淺青色、青色，然後是藍色、深藍色、灰色、漸黑色，一層層的潑灑開去，海上一派寧謐，一片寧靜，就像剛才什麼事都沒有發生過一樣，種種忙亂，只是人類自己小題大做而已似的。

第六天，終於進入菲律賓海域，陸地，遙遙在望了！

海面上有點點船影，我們興奮得揮手大叫，像離開香港時見到作業漁船一樣。

「Shut up！」船長下令。

「菲律賓多海盜，不要引賊注意，上船打劫！」指導員解釋，菲菲為我翻譯。

「哇！好玩呀！真正的海盜，我還沒見過呀，如果回去，跟同學說遇到海盜，上過海盜船，和海盜交過手的話，是多有趣、多威風的呀。」我輕聲跟身旁的菲菲說。

「如果你還有命回去的話……」菲菲白了我一眼，沒好氣地說。

「一個watch solo，另兩個watch輪班巡更，不可鬆懈，不能被海盜發現，跑來劫持帆船。」指導員下達指令，我心裏興奮莫名，腦裏幻想着跟海盜搏鬥的情景。

船長指定了海面一點，下令下錨，在一個我們都說不出名字的外環小島對開十海哩處，菲律賓訓練中心已經為我們預備好獨木舟，讓我們划上岸去，今夜玩Solo，Green Watch首先下舟，每人要獨個兒划獨木舟，自我放逐到荒島上，我們穿着黃色外套，帶着一天乾糧和一盒火柴，打開一看，是三枝！

「又說會有海盜，又要我們荒島求生，簡直要收買人命！」阿強害怕得面青唇白，喃喃自語，雙腳不由自主地顫抖起來！

「這次海上獨處，不但有風雨雷電驚濤拍岸，還要加上可能遇上海盜和荒島怪獸！真夠刺激了。」我磨拳擦掌，故作輕鬆地說，希望減輕阿強的緊張。

我協助菲菲上獨木舟，她手心冰冷冒汗，她原本以為來歷奇一下，和一班人玩一下，被海水冲一下，沒想到旅程是這麼緊張，這麼駭人。

「我不知道我可以捱過Solo不！」她在我耳邊說。

「沒事，我在童軍玩過Solo，沒想像中恐怖。」我輕聲地安慰她說。

忽然，指導員指着我說：「Panda, you go first!」就這樣，全船最年輕的我，成為第一個划好幾個小時獨木舟上荒島自我隔離的學員。

划獨木舟難不到我，只是一上荒島，但見四野寂靜，不遠處長滿高大的棕櫚樹，樹影婆娑，隨風搖曳，陰風陣陣，沙沙瑟瑟作響，樹林裏更似有鬼影幢幢，樹林後面奇峯竟峭，劍峯突兀，這樣的樹林高山，我無意深入，決定只倨守海邊，沙灘窄長，能活動的地方不多，看海波滾滾，永無休止地拍擊岸岩，像咆哮，像呼嘯，聲聲入耳，叫人震懾。

天色漸暗，我還是先找一個藏身之所吧。海邊一處巨石堆，石下縫隙正好作為棲身屏障，又能擋風雨。我拾來一些樹枝，準備在石隙前築起一個藩籬，再用較細小的柴枝生一堆篝火，這是做童軍學到的野外求生技能。有了石屏障，三面掩護，加上前面篝火，便不怕野獸來襲了，但火光卻會招惹海盜注意，怎麼辦呢？

有點餓了，要找吃的了。難得腳踏實地，我不想再吃罐頭乾糧了，所謂坐山吃山，靠水吃水，趁着黃昏餘光，我隨手將拾來的一枝長樹枝，迅速地在石上磨尖，然後跑到海中叉鱼，為了壯膽，我每揮動樹枝叉下去時，便「我叉！」「我叉！」「我叉！」叉一次叫一次，叉中叉不中都嚷嚷。

你這樣子，魚都給嚇跑了！

哈，收穫又不錯耶！

之後，我用柴枝生了個火，一來可以烤魚吃，二來可以驅蛇獸，海盜？不理會了，反正我肚餓，先吃了魚再作打算，烤魚好新鮮，沒鹽也好吃。

吃飽了，又覺得有點不妥，始終，火光引來海盜，劫不到財物，會取人性命的。我才十八歲，不想被脅持勒索，更不想被擄去做海盜，或在海盜船上做苦力，即使被海盜收為乾兒子，我也不願意！於是，我又找來一些大樹葉，塞住縫隙，蓋住上面，希望擋住火光，隱蔽行踪。

忙碌了一陣子，天還未全黑，孤寂的時間真難挨！我又到樹林邊找了些乾草，做了鋪墊，希望可以好好睡一覺，結果卻整夜無眠，浩瀚大海，無垠天際，海浪聲中，孤身一人，寂寞、孤獨，特別容易想起往事，想起將來，想起父母家人，師長同學，更想起朋友、教會，不禁仰頭問天：

「天父，全能的上帝，你要怎樣布置我的一生呢？」

「我希望能走自己的路，不要被擺布，你知道嗎？可以嗎？」畢竟年青，有點不客氣。

蒼天無語。

迷糊睡去……

朦朧中，覺得有什麼東西在看着我，篝火已滅，餘煙已散，我跳起來，一隻巨型蜥蜴，正瞪着眼看着我！這恐龍近親老表後代，站在篝火餘燼之外，好傢伙！足有十呎長，巨爪巨尾，尖牙利齒，我肯定牠是食肉動物。我和牠四目相投，思量着是三十六着走為上着，還是想辦法使他自動離開。我真笨死了！是烤魚的香味吸引牠來了嗎？我盯着牠，牠瞪着我，牠和我，各自思量：牠是思忖着我是否美味，要怎樣吃我嗎？我思謀着不要做牠的點心！

童軍沒教過怎樣對付巨蜥。

我怎麼辦呢？我能怎辦呢？

意外地，牠緩緩轉身，去吃我昨晚吃剩的烤魚，我真大意，如此丟出食物，豈不是會引狼入室?!

就在牠轉身的一刻，我盤算着這或許是跳上石上翻身逃命的好時機；但是，如果我跳出去，牠又撲過來，怎辦？

忽然，天邊轟隆一聲，一道旱天雷，巨蜥好像被這突然巨響嚇着了，頭一仰，身一轉，叼着魚骨，拖着大尾，右搖右擺，遛走了，隱入叢林中。

我化險為夷，謝謝天！「是祢，祢用巨蜥來考驗我，是嗎?!」我揮拳仰天問道。

跟自己獨處了一晚，中午，回到船上。

可憐的菲菲雙眼紅腫，哭了一晚，她說有sea sick加home sick，受不了和自己獨處；阿強被安放在海上魚排上，自己找地方安睡，魚排多昆蟲，可憐皮光肉嫩的他，被叮了一晚，回船後，VP教他沖着海水出力擦被叮處，擠出毒液，可以止癢消腫，又真的有效呢。銀行家VP和Uncle John沒有年輕人的嚷嚷，好一派「一笑已經風雲過」的模樣；Thomas呢，話不多，淡淡一句：「OK啦，習慣了。」一句習慣了，透露了他的成長，他的孤獨，他的寂寞，不容易啊，我對他肅然起敬了。

回到船上，還得輪流巡更，嚴防海盜，這玩意，認真折騰人。VP和Uncle John都是上了年紀的人。我真擔心他們挨不住。

終於到達宿霧，水清沙幼，風和日麗，我們在中心享受了九天來第一次徹底清潔，多天來我們只是海水洗身，有時肥Paul可憐我們醃鹹肉，會給每人十五秒淡水淨身，辛苦了九天，有淡水洗澡，我洗了一個小時，爽，真的爽！

五　怒海歸航

回航，信心滿滿的，因為我相信，自己已經不是九天前的那個盲頭小子了，我見過大海，嘗過風雨，克服過滔天巨浪，浸過鹹水，到過荒島獨處超過二十四小時，遇過食肉巨蜥，還有什麼難得到我，叫我震慄呢？

船長說：「十天後，菲律賓以西太平洋將有一個低壓槽集結，路徑仍未清楚，估計會向西北，即日本方向移動，我們要搶在它形成熱帶氣旋之前，迅速航行，不要陷入它的漩渦中。」

與風競賽？夠刺激呀！

起程回航了，預算九天後回到香港，預測熱帶氣旋十天後才形成，我們時間充裕，不用擔心，我心想，船長是在唬嚇我們，好讓大家發揮潛力，內在力量，表現出自己最強最好的一面吧。

一天，大家擠在gallary，即我們叫做「咖哩」的餐廳內吃飯。大偈，船上我最談得來的人，也出現了。閒聊中，我問道：

「已經十月了，為什麼還颳颱風呢？」

大偈說：「這是厄爾尼諾效應呢。」

大偈接着解釋說：「太平洋像個保持着微妙平衡的巨大蹺蹺板，每隔三到七年，它的溫暖中心會移位一次，全球天氣也會跟着變化，科學家把這種變動叫做厄爾尼諾——南方濤動，最溫暖的海水大規模地移動，就像一座寬達兩千公里的無形的海上山脈！」

「它的影響直達海洋深處，又向上伸展到三萬米高空，影響海浪與氣流，例如急流、湍流、旋風等。」

我們面面相覷……

「要了解厄爾尼諾的厲害，可以想像一下把整座喜馬拉雅山拔起，向西移動六千五百公里！」Uncle John說得很形象化，我放下手中刀叉，全神貫注地聽，以前上地理課，從沒有如此留心過。

好可怕！

為什麼會有厄爾尼諾的現象呢？

「有一個理論認為與火山活動有關。你們有沒有留意到，印尼、菲律賓，甚至日本，一些沉睡了幾百年的火山突然醒過來，猛烈地爆發，把大量火山灰和二氧化硫氣體送入大氣層，風則把二氧化硫送到世界各地，火山冷卻後削弱了信風，引起南方濤動……」大偈停頓了一下，把一塊牛扒送入口中，肥Paul說慶祝回航的牛扒。

難道這就是後來南亞海嘯發生的原因？現在回憶往事，這問題便不期然地浮現腦中。

「為什麼睡火山會突然甦醒過來？」我追問道。

「……」大偈正在咀嚼牛扒……

「這就是人類大肆破壞地球的結果，汽車工廠冷氣機等等的廢氣，綠化地區的消失……」Uncle John接口道，「還有那些了無止境的地下核爆試驗，簡直是在喚醒原本沉睡的火山……」

地下核爆引致火山活躍？我從來未聽過，Uncle John，你怎麼知道？你到底是什麼人？

「說得好！」大偈放下刀叉，拍案同意：「正因如此，天氣才越來越變得無常，變幻莫測，而且極端——苦寒、酷熱、極乾燥、極潮濕、極狂暴等。」

「那，我們的船……」知道了此一刻風平浪靜的沒有保障，菲菲忐忑道。

「見招拆招，願天保佑。」VP說，一臉坦然，高層即是高層，不愧是社會精英。

「來杯咖啡，慶祝歸航。」肥Paul送來咖啡，正合時候。

「大家合力同心！Cheers！」Thomas腿部傷殘，早已習慣面對逆境，知道怎樣鼓勵自己和其他人。

「Cheers！」

無風無浪的日子，坐着帆船，飄洋過海，辛勞了肉體，開放心靈，坐在船頭伸出處，一上一落，看見水，又看不見水；看不見水，又再看見水，左右左右，遠方地平線，也跟着搖晃，我恍如躺在搖籃中，眼闊了，心開了，我輕輕哼着聖詩……

黃昏，日落，到Green Watch當值，輪到我負責掌舵。掌舵是什麼意思呢？做船長呀！哈，十八歲的掌舵人！大海航行靠舵手，我樂透了！

古人說：「雲歸而岩穴暝。」黃昏，總是雲霞聚結，風起雲湧的時候，我們必須打醒十二分精神。

風從東方吹來，我們向西方航行，帆吃滿了風，穩定前進，我祈禱航程順利，大家開開心心出發，平平安安回去；但我又希望航程有些風浪，讓我深刻經歷箇中刺激，如十級過山車也不妨。

你這人真矛盾，要平安又要刺激，世界有你想像般完美嗎？

半夜，快要下崗了，海面忽然洶湧起來，遠處有一艘船經過，看那燈火通明，便知道是一艘郵輪，載着付得起錢的人遨遊海上。

「將來，我掙到錢，也要帶爸媽坐郵輪。」我暗暗許願。

看不出來，你不受束縛，卻倒孝順哩。

哈，掙到錢，還不孝順？更待何時?!

海浪明顯大起來，海神一定是夜遊神，入夜便來玩興風作浪。

忽然颳來一股怪風，吹得船身猛烈搖晃，桅杆發出吱嘎吱嘎怪叫，船艙下傳來呯呯嘭嘭巨響，看來有什麼東面翻倒了……好玩，我心裏想。

我雙手緊握舵盤，雙腳努力站穩，船面濕滑，風又大，浪又湧。我一個立不穩，手抓着舵盤，滑倒了；我扯着舵盤，把船扭得向左傾側過甚，整個左舷浸入海中，本來在左舷工作的阿強和VP，整個人都沒在海中；我立即爬起來，將舵扭向相反方向，又因用力過猛，船身「篷」的向右傾斜，右舷又浸入海中，輪到Thomas潛水，菲菲抓不牢，更慘被掃落海中！Thomas奮力抓住菲菲的安全索，把她扯回船邊，讓菲菲抓住了船邊繩梯，然後在他協助下爬回船上來。

幸好船上要求每個步驟一絲不苟，安全措施做定，每個人都扣了安全索，扣住威也，否則，這樣入水，隨時會被浪沖走的，在黑漆的茫茫大海中，往哪裏找人呢？我會頓時變成殺人兇手！

我嚇出了一身冷汗，吁，還自詡說大海航行靠舵手……

這時，有人在我的旁邊，伸手協助我掌穩舵盤，一看，是Uncle John。

極度狼狽中，我還不忘說聲：「Thank you。」曾幾何時，我還以為二十一世紀，是年輕人的世界，「老餅」無用，今天，是「老餅」救了我！

驚魂甫定，Uncle John對我說：「你看見嗎？第三桅杆有塊小帆繩斷了，壓住桅杆，要處理一下。」我是掌舵人，他要向我滙報。

「好，我上去，你替我掌舵。」

「不，你是舵手，讓我上去，你掌好舵，我就容易做。」

「……我較年輕，有猴子的身手……你……」我想說：「你太老了……」

「我也非老朽，我相信，你能，我也能。」說完，他便開始爬上桅杆了……風大，桅杆濕滑，除了安全索，他只能靠自己的體力，雙手雙腳協調，對上了年紀的人來說，這絕對不是易事……

桅杆左搖右擺中，Uncle John 爬上桅杆，整個人隨着桅杆左飄右盪，堅持一吋一吋的蟻行着……

我聚精會神地掌舵，發號施令拉帆，船身稍見穩定，回頭仰望，他終於到達桅頂了！

他移向橫杆上，雙腳夾緊杆木，兩隻手伸長，嘗試逐小逐小地拉正那塊壓在桅杆上的小帆……

我一個分神，又一個浪忽然打過來，船身一側，桅杆一傾，Uncle John 整個人便彷如不在船上，而是吊在海的中間……

我又緊緊穩住舵盤，全神貫注在自己的職責上，眼下我的工作關係到別人的生死，我不能夠，也絕對不可以分心！

Uncle John終於繫好了小帆，帆上風力平均了，船身也比較穩定下來。

「Panda，你表現很好，後生可畏。」看，人家多有風度，多有胸襟！爬下桅杆後第一件事是稱讚我，給我鼓勵，我自己呢，總是懷疑他和VP「老餅」，要靠船上年輕人保護、扶持、幫助。慚愧！

上天真會開玩笑，颳風推浪，玩弄帆船於股掌之中，搞了一個晚上，晨光第一線出來前，祂又還你一個風平浪靜，讓你輕鬆前進。和風搏鬥了一夜，弄得筋疲力盡，累死了，躲進船艙，想倒頭便睡，只是，肉體疲累極了，精神卻興奮不已，輾轉反側，怎樣也睡不着。

聽到睡在下層的小強發夢囈，喃喃的説着什麼：「小芬，都是我不好，對……對不起囉，我們從頭再來，好嗎？好吧？好不好……」

「好好，好的，來吧……」我學着女聲，想和他開個玩笑……忽然，又覺得自己很殘忍，甚至有點卑鄙，我摑了自己一巴掌，清醒一下……不是已經兩天沒睡覺了嗎？

「不要緊的，醫生不也是on call三十六小時，不眠不休嗎？醫生能，我也能，更何況我很年青，不是還準備參軍嗎?!將來入了伍，軍旅生涯一定比醫生艱苦百倍！」我這樣鼓勵自己說。那時候，我已立志要加入香港華籍英兵部隊，做一個出色的軍人。

午餐，「哇，有蟲呀！」菲菲指着自己那碟沙律菜中的一條蟲大叫道，那條胖胖的傢伙正在一塊生菜葉上蠕蠕爬行。

「好極了」，肥Paul高興地說：「我找了牠一個上午，原來牠躲在這裏。來，給我撿來。」菲菲怕蟲，就是不肯出手。

「給我那塊葉。」肥Paul說。

菲菲把整碟沙律給了肥Paul，她寧願不吃了。肥Paul也不再說什麼。到了晚上，菲菲才知道自己被罰沒有晚餐，罪行？不肯撿蟲浪費食物，就是那麼簡單。

晚餐後，大約八點吧，我們休息，另兩個Watch當值，海上，浪濤又越來越高了，海水還沖過船身，帆布被吹得嗖嗖作響，桅杆搖得吱嘎吱嘎的響過不停，這種情況，我們已經經歷多次了，每次都安然度過，所以也沒有感到特別害怕或什麼的。

我還未入睡，好奇心驅使我爬上來，一打開艙門，只見一個海浪正向艙門撲過來！在船頭升上近十米高，我身手敏捷地把艙門一關，避免了海水湧入船艙內，我站在梯上，感覺到帆船從浪頂被猛推到浪槽中，又再被推下另一個巨浪的陡坡……我在窗中只看到一道又一道的巨大的黑影，感覺着船頭向下指，又向上翹；船身側傾，又正過來；船頭再向下指，又再向上翹；船身再側傾，又再正過來……沒完沒了，菲菲當然率先嘔吐大作，小強的防嘔帶也發揮不到作用……睡艙裏又悶焗又腥臭，引得我也胃部翻騰……

幸好船身堅固，即使「吃水」，船體在水面以下，也沒有折裂，船艙也沒有入水。

佩服的是船長、指導員和大偈，在危急的關頭，他們一定各安其位，在船上協助當值隊員，尤如定海神針。

我立志，將來有機會，帶領歷奇，我也要像他們一樣，做學員，尤其是年青學員的定海神針，帶他們走出成長海上的驚濤駭浪。

為什麼有這樣不穩定的氣流？我們被告知：印尼海面那股低氣壓，轉到菲律賓對外，形成為一股熱帶氣旋，正緊緊追着我們的屁股而來……南中國海上正颳上季候風……我們夾在兩股風力中間……

船上要「搶帆」，raise start，換上硬帆去吃風。

Uncle John 說：「暫時季候風稱強，風從右側吹來。」

「是，風從右側吹來，主帆，便要在左舷。」Thomas說，心清腦靈，Thomas哥，你真棒！

顛顛簸簸又過了無眠一夜。

第二天早上，風和日麗，風平浪靜，海水一片蔚藍，平靜的海面上鱗光片片，隨着微風翻來轉去，美麗得不可方物。

大偈說：「船底螺旋槳好像被什麼纏住了，影響舵盤轉動，帆船不能調整方向，要下去看看。」他一邊說一邊穿上潛水衣。

「我也去，我喜歡潛水，也有潛水章。」

「嘿，小子，這不是在海邊潛水，更不是泳池潛水。」

「我考過童軍游泳章、拯溺章，是校際游泳冠軍，能水中閉氣，更會水中拯溺，會用潛水器，蛙鞋，未上船前，我是海洋公園的救生員。」我一時情急，滔滔不絕地說。

所有聽到的人都笑了……

「你也需要有人照應，不是嗎？」我不放棄。

「其實，帆船流線形，船底食水不深，不用潛多深，便能看到船底，不用潛入深海，但要能較長時間閉氣工作，而且大海水流急，大海潛泳，不易控制方向。」

也許因為我說得頭頭是道，也許他有心給我機會，大偈終於讓我跟隨着他潛海，但有三個「緊要」約法：

第一，緊要扣安全帶，以防被暗湧沖走。Yes Sir！

第二，緊要跟在他後面，不得逞強超前。Yes Sir！

第三，緊要依指示手勢行動，互相配合。Yes Sir！

要立生死狀麼？

在交報名表時已立了，主辦機構經驗豐富，知道規矩的。

指導員指示當值的Red Watch將大帆絞下，將其他帆全部收起，沒有帆吃風，船才不會被推動前進；不過，不上帆的船，沒了動力，大海中，就像浮木一條，隨水飄蕩，船上所有人都被叫出來壓舷。分布在兩舷，穩定船身，讓我們入水工作。

我們繫了救生索，人在海中，如果船繼續航行，我們不被勒死就是溺死，就像當年為宣示保衛釣魚島主權蹈海而犧牲的陳毓祥先生一樣。

大海的海水真冷，穿上全套連帽的潛水衣，帶上潛鏡，還是覺得冷入心脾，冷得四肢麻痺。

船底的螺旋槳，果然被大縷大縷的海藻纏得緊緊的，大偈取出了利刀，示意一人一邊，割下水藻，暗湧很大，一直推着我們向外漂去，幸好扣上安全索，不然，便麻煩大了。由於螺旋槳在船底中部，我和大偈兩人，要潛到船底割水藻，用不到那呼吸管了，只好輪流浮上水面換氣。

我轉了個彎，想割切螺旋槳另一邊的海藻，卻瞥見遠處，漂來了一堆白色的、粉紅的、圓頂的、有長鬚的東西，我用手勢示意大偈，他轉頭一看，沒有表示，又扯下一大堆阻礙物後，然後見他食指向上，示意上水，我們游出水面，爬上繩梯上回船去。

「你配合得很好。」大偈說

望向海上，大羣白色的粉紅色的怪物已經湧到船邊，把船團團包圍。

「誰要吃海蜇？」我們都知道，水母是有毒的傢伙，廣東人叫「白炸」，被牠「炸」着，會像被嚴重灼傷般，又痛又癢，叫你求生不得，求死不能，痛苦不得！

「試試轉動舵輪。」

「可以了。」

「還未完全割清呢。」我說。

「割斷便可以了，一轉舵，便會散落。」果然，有海藻不停浮上來，斷截斷截的。

「起帆！」指導員說。

在這段期間，最高領導人——船長，一直沒有出現，他放心得下了？

「哇，好像看見陸地了！」負責監視海面的Yellow Watch的一個隊員興奮地大叫道。看見陸地？我們要見證歷史性的一刻，更不想鑽進船艙了。

無線電傳來消息：「一道熱帶氣旋正在橫掃菲律賓呂宋等地，正在加速向東推進……」

「哇，快加速！我們加速，和它競快！」

勁風從後面吹來，我們在順風前進，帆吃滿了風，船正在海上狂飇，爽！

「紅白燈塔！」我大叫道：「我們進入了香港海域！那是橫瀾島！」

Wow Wow Wow，全船叫聲不絕：

「志風號帆船回來了！」剛好是第十八天！經歷生死搏鬥，遍嘗緩急鬆緊的十八天！

禁不住，我雙眼噙着淚，激動莫名，我沒有望向其他人，我想許多人都會跟我一樣吧。

進入海港時，全船十八位學員，通通爬上桅杆，坐在橫木上，向着海港揮手：

「我們回來了！」有劫後餘生的感覺。

「我們回家來了！」終於知道家的珍貴。

「香港是我家！」我大聲喊道。

大家都發現自己，從來沒那麼喜愛過香港！

這羣策羣力死裏逃生十八好漢，橫杆排坐凱旋歸航揮手入港的儀式，十分感人，叫人永生不忘！

志風號，十八天！謝謝你！

謝謝Captain船長！

謝謝Instructor指導員！

謝謝Chief Engineer大偈！

謝謝Chef大廚肥Paul！

謝謝Green Watch所有隊友，我們同心協力team work做好船上每一件事！

謝謝志風號所有成員，你們教曉我什麼叫同生共死，患難與共！

就是這十八天經歷，造就了我更堅毅、更不屈，更能夠遇難解難的性格，使我能更面對以後的人生順逆境。

經歷，是最好的教育。這「在經歷中學習、成長」的信念，成為我以後訓練年青人的金科玉律。

幾個月後，我在電視上看到Uncle John上鏡。原來，他是香港某大學的前任校長！

六　黑色房車的秘密

沉湎在回憶中，回過神來，只見隊員已完成托杉訓練，在冬日陽光中汗流滿臉，夜衫盡濕，氣吁吁地並列我面前。

「感覺如何？還可以嗎？」我指着新丁2016、2017、2018、2019問道。

「OK, Sir!」好！年輕人就是要不認輸！後生可畏！

周末，放假，一早醒來，電話響起：

「Hello，Panda。我是凱旋，我打電話給你好幾次了，都沒聯絡上。」一把少女聲音在聽筒中傳來，清脆悅耳。

「Hi，凱旋，你好嗎？」

「今天中午，我會在家中舉行一個Good Friends Party，想請你參加，你一定要來啊！」

「多謝你邀請，剛好我今天放假，可以來的。」凱旋的身世、神秘黑色房車之謎，在我心中納悶已久，我很想拆解謎團，了解真相。

春坎角，我知道，赤柱再入的超、超級豪宅區。

我按址到達，街上停泊了各款名貴房車，看來，凱旋的客人絕非尋常人家。客人中，只有我是乘坐只供家傭和司機出入乘搭的專線小巴，在路口下車走過來的吧？

才行近門口，一個穿軍裝的啹喀守衞已經趨前，我道明來意，他立即用通訊器和裏面聯絡，核對過名單，他才開門讓我進去。

庭院深深深幾許。高高的圍墻，四週裝滿了紅外線和閉路電視，隱藏在圍墻內的，是偌大的花園，中庭空闊，兩邊是綠草如毡的花院，花木扶疏，清雅園林裏，噴泉流水淙淙；中庭之後，聳立着三層高的洋房，是英式建築風格的大宅，米白色的外牆，嵌着又高又寬的木色窗框，上蓋是啡紅瓦片的斜式屋頂，映襯在蔚藍的天空下，呼應着遠處的碧波蕩漾，不落俗套。環境幽靜，空氣清新，和我柴灣的窩居比較，真是天上人間。我這隻基層青蛙，總算看到大富人家的「氣派」了。

凱旋走出來歡迎我，她淡素娥眉，化了個淡妝，穿着一襲漂亮的絲質連身及膝長裙，蹬着鑲着珠片的高跟鞋，嬌俏嫵媚，她笑容可掬，態度親切，伸開雙臂歡迎我。

她雙手遞上一個熊貓毛公仔，「送給你！牠叫Panda。」含羞答答的説。

「這是為什麼？」我一邊奇怪：怎的送我禮物？一邊卻覺得樂滋滋的。我的男子虛榮心作怪了！

「多謝你那天在飛機上保護了我，維護我的尊嚴。」她説。

「你太客氣了，這是我的幸運，你不用送我禮物。」知道她來自豪門，我即聯想到機上必定有她的保鏢，坐在前後隔鄰。也是的，豪門二代被擄勒索的新聞，不是時有所聞嗎？

她為什麼不坐頭等？

這就是富豪們的聰明，坐頭等豈不是更招搖？

「Irsia，怎麼還不進來？」大屋裏有人喊道。

Irsia？我愣愣然發呆，腦中想起另外一個人。

她見我一臉愕然，以為我聽不清楚，熱情地解釋道：

「Irsia，是我的英文名字，Rainbow的意思，Irsia是Goddess of Rainbow。」

她見我還好像是一臉不解，連忙說道：「Irsia，是從Iris衍生而來的，Iris是花的名字，盛放的，也是Goddess of Rainbow，即彩虹女神的名字。」

想起了，以前在工廠裏做暑期工，不是有位女工友酷冰冰，就是叫做Iris的麼？這麼巧？

Iris，Irsia，兩個Goddess of Rainbow，彩虹女神，兩人都姓霍。一冷一熱，一貧一富，出現在我身邊。

世事怎會來得這麼奇妙？

「來，我們進去，我介紹朋友們跟你認識。」Irsia霍凱旋挽着我的手，熱情地引領我走進大廳。

霍家大宅，單是大廳的面積，已經大過我柴灣的窩居。大廳內張燈結綵，掛滿氣球，擺滿鮮花，色彩繽紛，布置得美倫美奐；大廳中間被劃作舞池，還請來樂隊演奏呢；舞池中擠擁着二、三十個青春少艾，他們打扮新潮卻不誇張，滿身名牌卻不庸俗，用滿口漂亮的倫敦腔英語交談，一聽，便知道不是留學生，便是國際學校的學生。我的英語雖然已經到了流利的地步，但在中國人羣中用全英語交談，我還是不大習慣。

音樂一起，少男少女紛紛不約而同地手舞足蹈起來，盡情地扭頭聳肩扭腰擺臀，起勁地揮舞青春。

我有猴子般敏捷身手，但不大懂跳舞，只好四處轉悠。

大廳一隅，鋪着名貴枱布的桌子上，滿是精緻美食，清蒸原隻龍蝦、白灼鮮蝦、象拔蚌、原隻豬肘子、即燒原條羊扒、牛肋骨、鵝肝、魚子醬，還有中式點心、西式糕餅、薯條、沙律、即製薄餅、意粉、麪飯，琳琅滿目，應有盡有，擺放方式滿藝術氣息，正散發着誘人氣味，十分吸引，還有香檳和紅酒呢。白衣黑褲的侍應穿梭服侍，宛如電影中豪門盛宴的畫面，十分夢幻。

我不飲酒，不想跳舞，除了凱旋，又不認識其他人，最後選了近窗的一角，靜靜地做個旁觀者。

這樣豐衣足食娛樂豐富的生活，該是多麼使人欣羨吧。

每隔一會兒，凱旋便走過來招呼我，指指點點的介紹我說這位是某某地產大亨的乖孫，那位是某某金融界名人的兒子，還有某某名醫、某某大狀的兒女等……這些都是她青梅竹馬的好朋友，由於家境接近，他們的父母們也是好朋友，所以他們一班人自小玩在一起，加上同在國際學校和外國讀書，文化背景相同，彼此熟落到不得了，今天一起來慶祝她的生日。

「噢，我不知道是你生日，沒有準備禮物。」我抓頭搔耳，尷尷尬尬地說。

「傻瓜，還和我來客套的?!」她出其不意，手一伸，拖着我走入舞池中，所有人都靜止下來，退到一旁，圍着圈，要看我倆表演。根據西方舞會禮儀，主人

家是要領跳第一隻舞，宣告舞會正式開始的。

「我不會……」我小聲掙扎着，大家卻掌聲不絕……

「不要推辭，大方點，我帶着你。」凱旋在我耳邊説。

我普通襯衣、牛仔褲、舊波鞋，在凱旋閃閃的高跟鞋和長裙搖曳生姿中團團轉，身手笨拙得像隻大水牛，誰會想到，我是一個身懷絕技的軍人!!

和現場環境格格不入，人就如坐針氈，戰戰兢兢忍受了一個多小時，我終於按捺不住，起座向凱旋告辭：

「對不起，凱旋，我要走了，趕時間，有事。」胡謅個借口，想遁之夭夭。

「那，好吧，我送你出去。」凱旋也不強留，很有禮貌招呼我離開，淑女地送我出去。

剛巧，一輛黑色房車戛然駛至，停在大宅前，我立即認出它，它正是那輛從機場跟蹤我們到柴灣的神秘黑色房車！

全套黑色西裝、黑色尖頭鞋，戴墨鏡、耳掛聽筒的保鏢首先下車，走到後座開門，車上走下一對中年夫婦，我一眼便認出那個男的，他常常陪着首富出鏡，他姓霍，不知道他是不是傳說中那位城中繳納個人入息稅最多的人？

完全明白了，霍家千金留學英國，回家度假，在機上認識了窮軍人耀輝，家中早已派車和保鏢接機，但小姐貪玩，上了窮小子一家的的士……

「Daddy，Mummy，我介紹個好朋友你們認識，他就是Panda。」

「Oh，Panda，nice to meet you。謝謝你在機上幫了Irisa大忙。」霍先生伸手熱情相握，連聲致謝；霍太太笑容可掬，聲聲thank you，thank you。富貴人家名成利就，大多待人有禮，信焉？

「Daddy，Mummy，Panda要先走了，我送他出去，很快回來。」

凱旋挽着我的臂膊，和我走出霍家大閘，跟我在山上走了一段路，後面不遠處，兩個穿黑西裝的彪型大漢亦步亦趨，大煞風景。

「不要送了，你的保鏢跟在後面。」我說。

「不用理會他們，我自小便習慣了。」我轉頭去看，只見他們戴着墨鏡，面無表情，一個抬頭望天，一個側頭望海，像路人甲和乙，他們真的很專業。

「Panda，你做我的貼身保鏢，好嗎？」她甜絲絲的說。

我望着她，當然不好，我怎會放棄軍隊教官上士不做，去做富家小姐的私人保鏢，穿黑西裝、黑皮鞋、戴黑超、掛耳筒？開玩笑！

她卻是認真的。

我陪着她默默地散步，好像有很多話要說，但卻又想不出要說些什麼。

有一部的士來了，我伸手截車，車停下，凱旋卻拉着我，對司機說：「你轉個圈再來。」

「小姐，要搵食㗎！」

「OK，沒問題，你可以落錶轉圈，客人要遲些才上車。」凱旋一派命令口吻。

「OK，小姐，我就停在這裏，每五分鐘，加五十元，如何？我不想浪費電油。」有點獅子開大口。

「好，就每五分鐘加你一百元，在這裏等。」富家女出手闊綽，毫不遲疑答應道，還自動加大銀碼。

在超級豪宅區又轉悠了十分鐘，凱旋一直埋怨假期太短，很快她便要回英國升學了，不知何時才可以再和我見面了……

空氣變得翳焗。

「小姐，太太請你回去，客人等着。」一个保鏢趨前説。

「Panda，我要回去了，再見。」凱旋摟着我，輕輕地在我臉上吻了一下。

我上了車，一个保鏢走到司機位，遞給司機二百元。

我頓時血氣上湧，有點生氣，「司機，不要拿，我待會兒下車時給你。」

司機還未反應過來，那保鏢已經把二百元丢到司機身上，並示意他立即開車。

一路上，我的臉一直紅着。

在車上，我想：我沒有錢去買屋，不如先買部車吧。

看你，去富貴人家中一次，便有了物質慾望，你大部分時間在軍營，出入有軍車，買部車，屋邨又沒車位，買來作什麼？

而且，你真的愛上凱旋嗎？

本來以為是，但原來，不可能了。

七　當年我遇見了她

的士從大潭道一轉出柴灣道，我便立即下車。

從春坎角出來，坐了近三百元的士，覺得太寃枉了，我現在雖然不再是一貧如洗的窮小子，但我慳儉慣了，不會容許自己胡亂花錢，因為我不會，也不想終生做華籍「英兵」，我要儲錢，準備退役後創業去。

匆匆下了車，在柴灣那條長命斜頂上，踱步回家。

以為遇上愛情，感情有着落，卻原來是夢幻泡影。

情歸何處？心有千千結。

雙腳帶了我回家。

爸媽姐姐都不在，仍然如甩繩馬騮的爸，退休後每天都往外跑，媽和姐是去了教堂吧，哥哥也不在，空無一人的家正好讓我靜下來。

家才是最後歸宿？

剛毅的軍中教頭可以奢侈地享受一下自我，也是好事。

洗了一個舒服的澡，泡了杯茶，坐下，到困倦，我愛自彈自唱，我自學彈結他多年，造詣不錯哩，正要拿起結他……

忽然，電話響起來，不想接聽，但又想起有心臟病的媽媽，擔心是不是她有事。

拿起聽筒，才「喂……」一聲，對方已傳來連串炮聲，是老同學杜禮信。

「你隻死狗仔，回來了嗎？從英國濳了回來，也不立即通知舊同學……」

「是，是，對不起，我……」

「我本來是找你哥哥借燒烤叉的，才發現原來你隻死狗躲在香港……」接着又是一輪臭罵，恃熟行兇，但我的心是高興的，唯有真情，才會緊張。

我和哥以前都玩童軍，當然有燒烤叉，童軍教育，要愛物惜物，野外活動物品，用過後會留待下次用，將來用，不能即用即棄，振興經濟不是我們童子軍的責任。

想不到哩，這紮燒烤叉，竟然讓我重遇她！

「喂，阿信，今晚約一班同學和朋友一起吃飯，見見面。」我說。

「不用了，我們今天約了以前車輪廠的一班舊工友，黃昏燒烤，五點，南丫島，我正打算去你家取叉，然後去中環乘船。你來不來？」阿信說。

「還記得那個cool冰冰嗎？她也會來呢！」語氣有點興奮，看來，冰雪女神永遠有吸引力。

我當然記得她！

我和她的邂逅，就在那年我十八歲，她十六歲半的暑假。

那年暑假，我和阿信、柯元、歐D四個好同學、木屋區小子，跑到工廠掙外快，就在那年那天，我遇上了她！

少男少女情懷總是詩，像少女話題也離不開男孩一樣，少男的話題也離不開女孩。

他們打賭誰夠膽色追到那位被魯千帆形容是「冷得像塊冰，呆得像木頭，高傲得像隻雞（孔雀）……生人勿近的」的cool冰冰霍慧萍，Iris。

世事有巧合？還是上天的安排？

第二天上班，竟然讓我在升降機前遇到她，才有機會看清楚她的樣子：皮膚白皙無瑕，一雙大眼睛，水汪汪的，配上如新月的兩道幼眉、如玉蔥的鼻樑、櫻桃的小嘴，我心中不禁讚歎了一聲：「果然是美人胚子！」基於禮貌，我說了一聲「Hi」。

只見她嘴巴抿了一下，算是回應了我的招呼嗎？

杜禮信很努力，才上班一個星期，便組織了一個工友看電影的活動。出乎意料之外，十六歲半的酷冰冰也去了。

看什麼片子？

還有什麼片子？

看西片？

工人階級怎會看得懂？

那年代，不就是陳寶珠、蕭芳芳的粵語愛情片唄！那一晚，六個大男孩，包括我、她和另外兩個工廠女孩一起去了。巧合，真的是巧合，我坐在她鄰座。

她真的很特別，穿着不奢華，但入潮入格，卻又散發清新自然風；她斯文嫻靜，有點高傲，不多説話，一點也不像另外那兩個工廠妹妹，土頭土氣，一邊看電影，還一邊嗑瓜子，更吱吱喳喳的説過不停嘴……

我覺得，她跟我一樣，不是屬於工廠的。果然，她也是來做暑期工的，幫補家計。基層的背景，使我覺得和她的距離拉近了。

有一天，下班時，大家都紛紛收拾離開。

我跟在大家後面，在踏出門檻前，慣性地轉頭看看還有沒有人，想順手關燈掩門，就在此時，瞥見她仍在座位上，怎的曲背彎腰了，還一臉慘白？我不假思索走回頭：「你怎麼了，沒事吧？」

「沒事。」一臉倔強。

「來，我送你回家。」二話不說，扶了她起來，她也不抗拒，沒有人願意獨個兒留在偌大的工廠工作間的，尤其是女孩子！

我正式向她介紹自己：「我叫Panda，諢名狗仔。」她噗哧一聲笑了出來。是的，又熊貓又狗仔，豈不變了狗熊?!

她告訴了我她的名字：「Iris，霍慧萍。」這中文姓名，我現在才知道。路上，大家都沒有多說話。不過，我倆算是跨過了一道鴻溝。

第二天上班，大家都向我投來奇怪的目光，他們說覺得cool冰冰老向着我這邊笑，好像在「放電」。

「不要這樣說，你們多心了。」我當然不承認。

八月，我另有高就，向工廠辭職，管工立即說：「我加你薪金，日薪一百元，你不要走，工廠正在趕工，不夠人手。」

「真的？我那幾位同學呢？」我故作開心又驚訝說。

「一視同仁，一視同仁。」這管工，竟然有點墨水，懂得用成語。

我立即叫阿信等五個同學進來管工房，讓管工大人不得反悔。

後來，我才知道，管工原本在國內是一位中文教師，抱着一個籃球泅水到香港，原本學歷不受承認，只好屈身工廠謀生，由於有文化，很快便做了管工。

我當然還是辭了工，轉到海洋公園的水上樂園當救生員，我是屬於天地的，怎可能困身工廠內呢？

嘻，不說你不知道，我是海洋公園水上樂園的第一代救生員哩。

夏季過後，海洋公園關池，我也踏上了十八天志風號菲律賓海上歷奇之旅，脫離樊籠，做我的天地男兒！

從海上回來的第二天，便是軍部面試，想我那一身野外膚色、堅定勇敢的眼神，為我的面試增分不少吧；然後我加入軍隊，生活艱苦但興奮；然後我隻身去英國留學，斷絕六親，在苦不堪言的壓力下掙扎求存。

是的，你終於脫胎換骨，脫穎而出了。

這期間，家人也不常通訊或見面，何況同學和朋友？

今天，阿信的邀約，我當然要去。

不知道cool妹子Iris，出落得怎樣呢？

和阿信走到離島碼頭，時間尚早，我們計劃早點去到南丫島，在島上蹓躂蹓躂，四處看看，許多年了，我沒有踏足過這小島。

南丫島船上，阿信向我陳述我離開工廠後不久，大家也都相繼離開了。會考放榜之後，他和歐D繼續讀書。這是意料中事。

「魯千帆加入了消防隊。石磊、柯元做了警察。」柴灣這所Band 5天主教男校，好像專門出產武裝人才。

「救人助人，除暴安良，真有意思。」我說。

「在你去英國那一年，千帆升級了，做了消防隊目，阿磊做了督察，柯元調了做少年警訊主持，頻頻出鏡」

「想不到，五星級學校出身，也前途無限呢！可見，自己不放棄，上天便會成就你的。」我說。

「你呢，會考零蛋，華籍英兵，留學英國，做了教官……了不起！」阿信豎起拇指說。

「咻，小聲點，不要洩露軍情……」

這時，我們後面忽然有人「咭」的一聲笑了出來，是女子的聲音。

我和阿信的對話，被人偷聽了！

我們倏地同時轉過頭去……

一個女孩，皮膚白皙，眼睛水靈靈的，櫻桃小嘴，一襲運動衣，脫俗而美麗……

似曾相識，是她嗎？

「Wow，Iris！原來是你！」阿信興奮得大叫起來，高八度的招呼聲，響徹船上，引得許多人望過來。

是cool冰冰！和我們就同在這一條船上！她就坐在我們後面！

還說自己是軍人，警覺性比普通人高十倍！

「Hi，Iris，我是Panda。」我伸出手，緊緊地握住她的手，這麼多年了，不曾見面，沒有通信。她看着我，眉頭輕皺，兩唇緊抿，似嗔還笑。

「狗仔！許久不見了！」似嗔還笑轉為輕顰淺笑，一點也不cool。

Iris！霍慧萍！南丫島船上，驚艷的再邂逅，一晃眼間，大家已經是二十多歲的年青人了。

那麼遠，這麼近！

我們在船上坐在一起，下船後並肩而行，互訴着別後境況，阿信插不了嘴，扛着燒烤叉，變了路人甲。

她說後來她離開工廠，轉了文職，晚上讀夜校，願望是儲夠錢時開間時裝店，還要養隻小狗。

勤奮的性格，奮鬥的精神，奮發的志向，創業的宏願，和我何等相似。

我對她，有點惺惺相惜，和對凱旋的感覺完全不同。

「死狗仔，有異性沒人性。」阿信一路喃喃罵我，我也懶得理會他。

爐邊，阿信當眾問道：「Iris 要養隻小狗，狗仔，你說養什麼種好呢？」

引得大家哄笑起來，沒有人明白阿信話中的酸意……

我向他揮揮拳，繼續專心拍我的照。

爐火映照，鏡頭裏，小萍的臉更紅了，

爐上餘燼仍透出隱隱火光，大家都不想離開……

我悄悄的約了慧萍，下星期日一起見面看相片……

追女孩子，有相機真好！

人生的路，看似沒有，只要步步走來，上天定會給你驚喜。

想不到，在工廠工作，竟是我一生最大的幸運！

能遇上，就是緣分，上天注定。

如果說這不是緣分，哪又是什麼？

你這樣說，分明已經有了決定，那個春坎角豪門凱旋又怎麼了？

……

八　我是誰？

後來，我才知道，小萍一直沒有和誰發展過感情，原來，她一直在等着我，世上竟然有這樣的傻女孩！

一天回家探望，媽媽對我說：「如果你是認真的，還要人家等到什麼時候？」媽媽知道我跟慧萍來往，是多口阿信的功勞。

我決定求婚。

「你不是說我似日本妹，而日本妹子不是你杯茶嗎？」

你看，做人說話一定要小心，一句無心的順口言，分分鐘會鑄成大錯！

我當然求婚成功，我做事鍥而不捨，沒什麼事做不成，除了讀書，嘻！

我和小萍要結婚了，我們沉醉在籌備婚禮的忙碌和甜蜜中。

小萍不知道的是，在向家中宣布我選擇了她時，我和哥哥吵了一場，他說：

「富家千金不要，卻要灰姑娘，口口聲聲說將來要創業，創業不要本錢麼？不用後台麼？不選那個財雄勢大的，看你創什麼業。」

「我要靠自己的本領去創業，為什麼要靠裙帶關係呢？」

「有靠山才易成功，你做人實際點，成麼？」

我不會為功利去選擇，結婚是一生一世的事。

我沒有理會哥哥的忠告，放了大假，準備結婚去。

興奮和忙碌中，我竟然發起燒來，「攪什麼鬼！」我沒有理會它。

就在結婚前幾天，接到L教官的電話：

「Panda，明天軍部排球賽……」

「是的，我知道，預祝華籍英兵隊旗開得勝。」我沒有打算參加，我要結婚，又正發燒。

「我們已經拿了九年冠軍，軍部希望十連冠。」對手是牛高馬大的英兵，健壯如牛的尼泊爾兵、吃素但有象般大力的印度兵，經常練習排球的啹喀兵……要打敗他們，實在不容易。

「臨近九七，華人部隊士氣低落，無心戀戰，對手又士氣高漲，磨拳擦掌，而我們隊中最強的排球隊長又調了部隊，為他人作戰，我想來想去，只想你出馬。」

「阿 Sir，我幾天後要結婚了……」

「你阿 Sir 只是想要個十連冠，作將來美好的回憶……」

「算了吧，末代王朝，十連冠回憶，我幫忙就是。」結果，這一場比賽，由八強打入四強，準備爭奪冠軍！

冠軍爭奪戰前夕，是「過大禮」的吉日，上天颳起了十號風球，上天好像要我證明和慧萍「風雨同路見真心」。好！我便冒着橫風橫雨出門，送大禮去，證明我要和她，心心相印，一生一世。

颱風漸遠去了，一號風球下，我發着燒出賽，還捧了冠軍盃，我發燒的臉上流着勝利的淚，十連冠，是我自己的結婚賀禮，也是軍部回歸的紀念冊。

結婚當日，軍中兄弟，包括弟子們招陽、郭力、仇朗普、易權他們，穿着軍中mess function的白色禮服，雄姿英發，在嘹亮軍樂中，排列兩旁，用劍架起劍門，讓一對新人在下面穿過。慧萍一襲白色婚紗，隨風飄揚，新娘子捧着花球，嘴角含笑，美麗高貴得不可方物。我臉紅耳赤，仍在發燒。

薯條對慧萍說笑道：「你再不出現，軍中會以為他有許多太太了。」一連為人老實刻板的薯條也這樣說，是因為在軍部聯誼活動中，我都帶着不同的女伴。誰又知我守心如一？

新婚愉快，燒早退了，我春風滿面，吹着口哨回到軍營。

只是，今天軍營氣氛好像有點不尋常。

舊人新丁，聚集在一起，好像在討論着一件很嚴重的事：

「殖民地時代，香港不單是由英國派來的英軍或印籍英軍來守護，更有驍勇善戰的華籍軍人。我們的前輩，當年為了保衛香港，跟東江縱隊合作，刺探日軍情報，營救英國戰俘，甚至跟日軍作戰，有些更曾被遠調至緬甸叢林殲滅日軍！

為了保衛這片土地而流血，許多甚至奉獻生命。」說話的是L教官，他的父親正是抗日英雄。

「我們參軍，也是為了保衛香港，投身英軍體制之中，接受嚴格訓練。」L教官說得正氣凜烈。

是的，當年殖民地政府招募華籍士兵，原因是英國士兵不能適應香港潮濕悶熱的天氣，而華人在體格、紀律、服從及適應方面，都較諸從英國遠道而來的士兵為佳，成本又低；而本地一些青年也被軍部薪高糧準假期多所吸引而投軍。只是，因為英國擔心華兵在中英戰爭時的取向，故始終沒有作大規模的徵募，華籍英兵一直維持約二千人的部隊。

「我們可以被歷史遺忘，但不能被英國遺棄，我們一定要爭取居英權！」我覺得有點奇怪，L教官未獲授居英權麼？

九七未至，軍中傳言：將只有小部分人獲頒居英權，引起一些人，提早為香港回歸而擔心。看，多有遠見，多未雨綢繆！

許多同袍提出：

回歸後，香港人可以當兵嗎？

中國解放軍會接受華籍英兵嗎？

「我們在軍中受訓，辛辛苦苦的接受體能和軍事訓練，就像正規軍一樣，可謂練就一身本領，難道，回歸後便要變成廢物，變成無主孤魂？」說話的是G教官Gun Sir，神射手，曾多次參與全英正規軍周年射擊比賽，為香港奪得全場總冠軍，有幸與英女王同場吃飯。據他說，事實是，萬眾期待的英女皇出席「世紀頒獎禮」時，得獎軍人只能遙望這個全世界最出名的女人，只見她坐下吃她的，吃完了，說兩句場面話，便離開了，跟他們招呼也沒打一個、更遑論握手、合照、簽名?!

他說：「慶功宴上，英國人上前熱情祝賀，表現得很開心，因為香港隊贏了好多年，97後終於不用再見到我們了。」簡直是帶淚的幽默。

槍神G教官也遭昔日效忠的宗主國離棄嗎？如是，他當然氣憤，難怪他說得差點聲淚俱下了。

回歸前，部隊得知華籍英兵可享居英權的配額只有五百人，尚有一千五百人不受理。

今天，他們就是要商議如何成立委員會，向英國進行交涉。

「沒理由不當我們是英國人，不給我們居英權！」有人舉起英國旗，大聲喊道，十分激昂。

是啊，到底我們是什麼人？

英國人？中國人？非英非中香港人？

華籍英兵？即華人？還是英人？

我是誰？

有點迷惘了，這歷史問題，令人不安。

G Sir是典型嬰兒潮下面世的香港仔，家有六兄弟姊妹，只能供一個上大學，他因為喜歡槍，所以去投軍，一去便是十八年，被升做教官，主要教步操和燒槍，他最愛軍部的「子彈放題」，一天可以燒它幾千粒，過足「心癮」，殖民地宗主國財雄勢大，子彈任燒，成就 G Sir 神槍手外號，在國際射擊賽中贏盡殊榮，只是，他也付出代價，就是右耳失聰。

「眼看着華籍英兵快要被解散了，我們這批『港英餘孽』，會不會被『清算』呢？」有人說。

有點危言聳聽，其實，軍人們更深深不忿的是，其他紀律部隊退休有養老金，終生醫療福利，華籍英兵卻沒有，因為我們最多服役二十二年，期滿，取了退役金，即走，自生自滅。

周末，放假回家，和小萍談到這件事。

「Panda，你喜歡英國嗎？」

「還好，我的成就就是建立在英國地獄式訓練上的。」

「你害怕回歸嗎？」

「我希望回歸後一切不變。」

「有可能嗎？世事總在變，今天的我們已經不是昨天的我們了。」小萍的說話，帶有點禪理。

我不是昨天的我？那麼，我到底是誰？

「你希望獲得居英權嗎？」

「你呢？」

「我不喜歡移民外國，英文不好，在外國做什麼呢？」這是一些香港人的顧慮。

「英文不好不要緊，你還年青，可以學。」我鼓勵小萍。

如果我不是中國人，又可以是什麼人?!

沒有懷疑過？

沒有！我無心讀書，中國歷史科成績一塌糊塗，但S老師的歷史故事和爸媽的走難慘事卻烙印心中。

「Panda，你被頒居英權沒有？」許多人走來問我。

我都微笑回答：「我沒有遞表申請。」

我沒有告訴他們：我要留在香港，我出生、長大、成材的地方。

我沒有告訴他們：在英國軍校，結業禮後，上將軍已經給了我一個留英金牌。

我沒有告訴他們：回到香港軍營，少將親自給我居英權申請表，叫我到英國更上層樓。

但我都沒有答覆。

居英權申請表被擱在抽屜裏。

話說同袍為爭取居英權這件事，共寫了六百五十封信給英國上、下議院議員。最後，他們得到英國駐香港總領事館發言人回覆：「已獲悉有香港部隊成員爭取獲發英國護照，但英國未有特定計劃為該團前成員申請居英權。」他們十分憤慨，選了幾個代表，多次遠赴倫敦，親自游說國會議員，爭取給予約一千五百位同袍與及家屬居英權，並且追認他們的貢獻。

不到黃河心不息，軍人有的是毅力。只是，許多國會議員，連香港有華籍英軍這個機制也不知道！

結果怎樣？

你說呢？

無根的浮萍，總是一些人的選擇。

九　人生能承受多少次跌倒

主權移交，華籍英兵遭解散，提早退役。

獲批居英權的五百名退役華籍英兵，歡喜若狂，許多變賣樓房家當，攜老扶幼移民去了，卻不旋踵又回流，才驚覺變了無殼蝸牛，棲身無處，然後又再回英國去，回去後又再回來，來來回回，換得家財大縮水；有些則讓家眷落地彼邦，自己回香港掙錢，做太空人，英港兩邊漂流，和家人聚散無常，不知根在何方。

至於沒有得到居英權的一大羣，有的繼續僕僕風塵地去英國爭取居留權，然後失望回來；然後怒氣沖沖、怨氣沖天地開大會報告上訴的失敗；然後又再選出代表，安排日期再去英國闖關，沒完沒了……

有的鬱鬱結結地參加了軍部安排的再培訓課程，滿心不忿地在保安、物業管理行業任職，埋怨退役軍人為何不可以像退役警務署長或保安局長般，被重金禮聘做大公司顧問甚至董事；有幾個幸運的則被富豪大亨聘請做保鏢，出入高級場所，見盡城中名人，而且高職厚薪，這些「幸運兒」，生活較穩定，心態也比較平衡。

軍隊就是一個保護罩，軍中生活，操練的是體格軍事技能，捱苦捱罵雖然是常態，但軍人思想始終比較單純，重投社會大染缸，那種人性複雜、人心叵測的環境，絕非看似英明神勇的軍人所能應付的。結果，許多同袍從此一蹶不振，心懷怨忿，酗酒過日子。

有少許人，選擇留守香港，以香港為家，情懷不變。

而我，是不申請居英權也不接受被授與居英權的一個。

人和樹一樣，要有根，亦貴在有根，這是我的價值觀。我知道，有根才能安身立命，才有堅定的人生目標，才能活得出色，活得有意義，無愧於時代，尤其是在這樣的一個多變卻又偉大的時代。

我早已決心留在我出生，我成長的香港，而且我一早計劃，要創立自己的事業，一種也算是教育的產業——一個健體和歷奇的王國！我邀請了昔日山貓隊的油條、薯仔兩個隊長，和招陽、郭力、仇朗普、易權四個小子，組成兄弟幫，要一起打拚，共創一番事業。

我要怎樣達成宏願呢？我效法蘋果企業的喬布斯，創業之前，仔細地考慮三個問題：

第一個問題是：

Why，為什麼要做？為什麼要做歷奇培訓？歷奇培訓是另類教育，是我的理念，也是我的興趣和專長，我要用在軍隊中學到的知識、技能、歷奇的方法來吸引青少年，達到教育的目的，強壯青少年。

第二個問題是：

How，如何去做？應該怎樣去做？我和昔日山貓隊的舊同袍一起，拿出退役金，開設歷奇中心，精心設計，不惜工本，專業裝修，購置器材，吸引顧客；大家出錢出力，要作為一種優質產業去做。

第三個問題是：

What，做什麼？至於做什麼？歷奇中心提供各式各樣的健身器械設備和訓練，並且增置年輕人喜愛的各種運動，包括Boxing、擲鏢、舉重，攀石、繩網等；當然，我們也舉辦青少年訓練營，用各種歷奇、軍事技能建立青少年的領導才能。

看到回歸前後，股樓齊升，香港經濟欣欣向榮，家長們又緊張孩子要贏在起跑點，我們覺得這門生意應該有市場；我們更相信吃上回歸這條水，只要大家齊心，努力便能成功。我們磨拳擦掌，雄心勃勃，信心十足。

跟慧萍說起我的計劃，我不敢肯定她會有什麼反應，因為，拿錢出來創業這件事，不單是我一個人的事，而是我和她，一個家庭的事，我怔怔地望着她，內心有點忐忑不安，如果她反對，怎麼辦？

聽了我的陳述，慧萍沉默了好一會兒，俏麗的面孔上，時陰時晴，陰晴不定，她心中到底在想什麼？會是在打我那筆數目也不算小的退役金的主意嗎？

「我們還年青，這個時候不嘗試，不冒險拚搏一下，更待何時？」她說，俏麗的臉上露出堅毅的表情。

這番說話，擲地有聲，我開心得緊緊地摟着她，深深地吻了她，慚愧得要摑自己一巴掌。我為什麼會以小人之心去猜度最心愛的女人?!

她不知道我骯髒的內心，還溫柔地捉着我上揚的手，說：「不過，我沒有能力資助你，因為我也想創業，開一爿小小的時裝店。」她也是看準香港股樓齊升，市面一片景氣的這一個機會。

「不用，我堂堂男子，怎能用女人的錢！」鐵血男兒，就有這種志氣！

得到慧萍精神上的支持，我興奮得立即發了一個電郵，把創業的事告知已經回去美國的哥哥，他回覆得很快，大出我意料之外，他說：

「做生意，好比打仗，商業如戰場，這無硝煙的戰爭，你們這些財不雄勢不大又沒有經濟觸覺的軍人，未必能應付得來。」他還說：「如果當初你聽我的意見，在婚姻上作了明智的選擇，情況和前路將會完全不同……」不是支持，沒有鼓勵，是潑冷水，是數落。

哥哥不但干預我情感上的選擇，更看小我，看扁我。他還在不滿我不聽從他的意見，為前程選擇裙帶關係。

他令我失望，但我不會讓他說中，我更要做好給他看。

中心開幕，我們請來親朋戚友做見證，也廣發英雄帖，號召舊日同袍前來相聚，當然也發廣告宣傳，首一星期免費試玩，招徠了一些客人，場面熱鬧高興。連街上的鳳凰樹，也在爭相開花，殷紅的花海，散發着蓬勃的生命力。真是好兆頭，我心想。

初期，收支遠遠未能平衡，但是大家都相信，凡新開店都是要挨過一段慘淡經營的時期的，待做出名堂，便會生意滔滔的了。

只是，世事難料，形勢逆轉，我們看到的好景原來是假像，是虛火，是泡沫。

想不到，萬萬想不到……

中心開幕才不久，一場金融風暴驟然襲來，使許多人損失慘重，沒有了玩樂心情，也不想用多餘錢在閒暇活動上，歷奇中心生意火紅不起來，只是街上的鳳凰樹，花瓣片片落下，遍地殷紅。

軍人有的是志氣，要不屈不撓，「唔衰得」，我們咬緊牙關，撐住！

苦苦哀求業主減了些租，公司負擔是減少了一點，但中心的租金、管理費、水電煤都要照常繳付呀，而且，大家還有家要養呀，有老少要吃飯呀！難道叫兄弟們都不要薪金，不要「出糧」嗎？我終於發現，對商業籌謀，我可謂一竅不通。

慧萍的小時裝店也面臨結業危機，地點不理想，店面裝修有限，不易吸金；生意不好，請不起伙計，凡事「一腳踢」，如果她有事外出，好像買貨、送貨、吃飯，甚至上洗手間，便要關門，生意自然做不起來。

每天晚上上牀前，我們都祈禱，祈求天父協助我們度過難關。

中心又減價又贈禮，藉以招徠顧客，苦苦撐了又一段日子，中心人流終於有了輕微上升趨勢，愛上網玩遊戲的油條建議辦War Game，以吸引年青人來玩，薯仔更説可以用War Game為大公司建立團隊精神；同時也各自在外接一些公司和學校的領袖培訓工作做，為了做得有聲有色，大家又再合資添置器材，實行再展鴻圖。

忽然，科網股大熱，股市一下子好像鬧哄哄起來，我中心玩War Game的年輕人也多了起來。「好了，好了，黑暗的日子快到盡頭了。」油條説。

「但願如此。大家努力！」我説。

誰料到，在毫無預警的情況下，千年蟲好像天外怪獸般掩至，挖破、戮破那節節高升的科網，引起股市再一次連橫暴跌，許多人的身家蒸發了一大截，「生意難做」變成了各行各業的口頭禪，市面上一片愁雲慘霧，歷奇健體中心，水靜河飛，只有我們幾個股東和教練，天天開燈關燈。

「我們自己天天上健身中心，難道只是為了抹地方坐冷板凳?!」一天，易權按捺不住了，發脾氣道。

「Panda Sir，又是你説的，只要努力便能成功，現在我只覺得自己變了廢青……」招陽不再陽光了，在狂啨負能量。

他們不知道，我正用着自己多年的積蓄，苦苦支撐着公司，希望市道不景的日子快過去，希望兄弟們有錢途。

日子，沒有黑暗，只有更黑暗！

公司的前景越來越黯淡。有一天，油條和薯仔忽然告訴我：

「對不起，Panda，我們實在沒辦法撐下去，我們要退股。」

「退股？公司哪有錢退還給你們？」為了公司，我把樓也賣了！

「沒辦法，停止租約，拍賣器材，籌些現金，還了債項，其餘分派給股東。」他們要生活，要養家，我明白。

沒有人願意再賠錢賠光陰下去，他們全部要退出。

我不肯結束公司，這裏有我全部的心血、資產和夢想。

但我又沒能力支撐下去，更沒有多餘錢遣散股東，我的退役金，我的畢生積蓄和樓房，全部都押在歷奇中心——我的夢上。

現在夢碎了，怎麼辦呢？

貧賤夫妻百事哀，心情鬱結，也沒錢去買娛樂，我和慧萍手牽着手，登上獅子山，一路上來，雲霧籠罩，四周白茫茫一片，我們步步小心，手腳並用，攀上山頭。慧萍一路聽着我的指示攀登，走得十分放心，看着她，對我百分百的信任，夫妻同心，還有什麼難得到我們呢？想起當年越南難民搬入石崗，沒工具沒指南針，都可以挖條隧道穿過去鄰村偷東西！噢，筆漏豆拉，我堂堂軍中教官，沒理由解決不到問題的！

吃着麵包夾午餐肉，忽然，風起了！雲消霧散，豁然開朗，大地驟現眼前，左至慈雲山，右至昂船洲，一望無際。噢，香港人的獅子山，哪只是一座山？那遠觀似蓄勢待發的獅子，俯伏山上，傲視香港這片土地，是香港人奮鬥精神的標誌，我們踏在獅子頭上，我哼起了歌神許冠傑的「繼續微笑」，慧萍輕輕唱和着。

由於我的堅持，最後大家便同意公司可以不結業，但要退租，賣掉一切裝置和器材，套取現金分派股東；而且要更改註冊，由我一個人繼續經營，以後一切瓜葛，一概與他們無關。

好哇，就由我一個人繼續承擔！

我已經一窮二白，退役金全沒了，房子賣了，積蓄用光了，至於房車，我不會賣，也不能賣，它是我的腿，我的謀生工具。

袋中無錢，我應該怎樣走下去？我苦苦思索。

戰場萬變，炮火無情；商場無硝煙，更風湧雲詭。我不得不承認，哥哥是對的，做生意沒有大資本，迎不了風浪。

「窮則變，變則通」，這六個字，小學格言已經學過了。

你說，我可以去向他借錢周轉麼？

我真的去了一趟美國，去找哥哥請求他伸出援手。

結果是我們又大吵了一場！唉……

變幻才是永恆。

山不轉路轉，路不轉人轉。

美國回來後，我決定退租，另外租個小地方，主要是作為接洽生意，開會、擺放培訓器材道具之用。慧萍也結束了她的時裝小店，來幫忙接電話和管理財政，兩口子，這回真可算並肩作戰，憂戚與共，共同進退了。

困苦中自有一番甜蜜，甜蜜中也有許多矛盾。

手頭拮据，日子不容易過，節衣縮食，沒飯吃時，便去探望爸媽囉。有爸媽真好。

想當年，天下太平無戰事，軍隊福利好，薪高糧準，一年有一個月大假；伙食一流，天天放題，任添任食；醫療免費，病假慷慨；每天上班，節目就是泅泳、潛水、爬山、攀石、滑浪風帆、划艇，以鍛煉為名，玩樂為實，還有薪金，多高興！無事做時則和英國印度尼泊爾啹喀佬和華籍大兵一起曬着太陽說笑話，聽各地粗口……回想起來，更能體會幸福愜意不會永遠伴隨。俱往矣，昔日的日子……

天父老愛開玩笑，而且一個比一個大玩笑！三年後，祂更「玩大的」！

祂派來了既駭人又害人的超級細菌——沙士！

於是，整個東方之珠陷入極度恐慌之中，全城嚎哭！整個亞洲地區都人人自危，緊張、驚恐、擔心、憂慮的情緒瀰漫，全世界都密切監視着香港，提防香港人！香港變了悲情城市。

沒有人有膽量出來玩，一個也沒有！

沒有公司或學校邀約開辦培訓課程，一間也沒有！

擺在前面又是那兩條路，一是痛苦地撐下去，一是爽快地結束。

慧萍和我都個性倔強，不認命，不認輸，執意地相信明天會美好。我們一次又一次地調整心態。

「天父，祢老是要考驗我？我要讓你看到，我也不是一個要贏怕輸的人！」

世事驟變，人更要硬生生地活下去，如果我們自己也看不起自己，對自己沒信心，那做人還有什麼意思呢？

我們每天工作二十小時，辛辛苦苦支撐着。終於，沙士過去了，不過社會元氣未能立即恢復過來，生意仍未有起色，更好像振興無期。創業，難道真的是九死一生？

「你看，日本仍然不歡迎香港人去旅遊，便知道沙士餘孽未除啦！」一位想去日本旅行但不獲簽證的仁兄振振有詞說，我覺得好笑：又關日本仔事？

「幸好日本不發簽證，你才來玩健身吧。」我被聘為他的私人教練，跟他開玩笑說。

「是呀，不能去日本，又不想去別的地方，好苦悶呀，便來打打沙包發洩一下……」這樣說，我還得多謝日本人。

打沙包，大汗淋漓，好像同時也擠出了壓力元素，使人在苦苦掙扎中有喘口氣的剎那，也是很好的減壓方法。我沒有自己教健體的中心，只是應邀去他的會所施教。

上帝不讓世人有喘息機會，沒幾年，又捲起金融危機，今次叫做「金融海嘯」，一浪又一浪，沖得哀鴻遍野，該倒的生意都倒了，害怕失業的人果然失業了，許多人被迫變賣資產，傾家蕩產，甚至變了負資產，紛紛上街嚎哭叫喊去。這是一個怎樣的世代？真的是英國人離開殖民地的必然結果？

唉，努力便成功是一個謊言！這樣的年頭，失敗的人多於成功的人，我開始覺得有些沮喪。

不要這樣說，至少，香港沒有戰禍，人身仍是安全的。你翻翻歷史，看看近代，列強入侵、八年抗戰、國共內戰、文革等等，這百多年來，中國人一無所有，只有流血流淚，哪裏有安樂日子過？

說的也是，我的問題，也只是個人問題，或者說得準確點，只是個人的經濟問題，一家人，平平安安就好。

我死守着這另類的教育事業，我要以傳授軍事知識，讓年輕一代體驗歷奇，成為堅強的人來貢獻自己。

「少年強則國強。」嘛，中學的S老師，總愛用這句說話勸勉同學努力，我赫然發現，原來自己受她影響這麼深哩！

昔日無心向學的麥耀輝，今天竟一意要走教育青少年之路，這個人，真的是我嗎？

世事無奇不有，人生總有意外。

十　挪亞方舟

退役軍人，流汗流血，辛辛苦苦掙扎了將近十年，無論我如何努力，再也沒法建立一個生命歷奇王國。

出乎所有人意料之外，在這期間，我重返學府，在港大進修運動管理學碩士課程。

「會考零蛋讀碩士?!」許多人都難以置信。

是的，香港這福地就提供了這種機會！

「當日對讀書完全沒有興趣的耀輝竟然重拾書本?!」連S老師也這樣說。

是的，正因為生意清淡，工作清閒，我才再思考人生，規劃人生，做眼下可做的事。

人生，總會遇上一些意料之外的事。

我絕對想不到會在這情況下重遇她。

這一年，我被邀為攀山總會所舉辦的山藝訓練班擔任教練，帶一班成年學員行山，我清楚記得，那一天清早，我要在小西灣地鐵站會合學員，帶他們登山，就在那兒，我看見一個熟悉的身影！我心頭卜通卜通的響跳起來，不會是她吧?!

怎麼了，又遇到那個什麼「旋」麼？誰還能讓結了婚的你心頭卜通卜通的響跳呢？

旋、旋、旋，旋你的頭！你以為我心中只有旋字？

我看到那熟悉的身影——像是中學時期的S老師！

我輕輕地走近她身後，輕輕地叫了一聲：「S老師！」

她轉過頭來，一看，睜大了雙眼，張大了咀巴，一臉的錯愕，一臉的意外，瞬間，轉為一臉的高興：「耀輝，想不到在這裏遇見你！」

時光流轉，她凍齡的臉上仍然綻發着青春的光輝，在課堂上的故作冷酷頓化作熱情的招呼，意外重逢，讓我們喜悅匯成了暖流，流布全身。

「我是今次登山的教練。」我告訴她。我早在學員名單上看到那熟悉的名字，但中國人同名同姓那麼多，我不敢肯定就是她，心中卻希望千萬是她。闊別多年，我要她活力如昔，教學熱誠如昔。

世界輪流轉，我變了她的教練，她成為自己學生的學生。

那位仍然年輕的S老師，因為女兒，創立了第一個為香港大學生畢業生而設的親子遊戲組，繼而發展為香港第一支親子童軍229旅。為了帶好童軍的行山活動，身為旅長的她，利用了工餘時間，參加了山藝訓練班，因而和我重遇，師生緣份，情繫一生。

在龍脊山上，冬日和煦的太陽灑下萬道金光，烘起暖意，她遞給我一個削了皮的雪梨，殷切問我成長的情況，我一五一十地告訴了她我自己的故事，想不到，就此開展了和她的一段文學之旅。*

接下來的日子，生意漸有起色，因為我有碩士銜，我甚至被大學聘為生命歷奇導師，培訓大學生，但我一直沒有停止過自己體能上的鍛煉，否則，我又怎有能力承擔接着而來的「上帝的召命」？

我說的是尋找挪亞方舟。

一天，教會主牧對我說，想請我擔任「挪亞方舟香港探索隊」的隊長和訓諫員。

「我不是探險學家、考古學家啊！」我只是一個教徒，一個只是有過人體力，有當兵經驗的教徒，為什麼偏偏看中我？

「教會中，你是最合適的人選。」主牧說。

「但現在是要去攀登亞拉臘山四千幾米的冰川，我又不是職業攀登雪山的專家。」他一定以為退役軍人無所不能。

「是，土耳其軍方會和你們合作，組成探索隊。」

這個當然，亞拉臘山在土耳其境內，土耳其人又怎會讓外人登上他們不可冒

*註：S老師將我的故事寫成青少年成長小說，名為《旋風傳奇系列》在《旋風傳奇1：旋風少年手記》及《旋風傳奇2：魔鏡奇幻錄》兩書序中，她不諱言在寫我的成長經歷時多次淌淚和胃抽筋。

犯的亞拉臘神山？

「挪亞方舟的傳説是真是假還未證實呢。」

「美國太空總署NASA有神秘衞星圖片，美國火箭阿波羅15號太空人歐温上校更曾經多次登上亞拉臘山尋找方舟，」主牧把方舟的存在説得真的一樣。

「我什麼也沒有，只有命一條耶。」

「這個你倒不用擔心，資金方面，我們會籌措。你們今次去，主要是為位於青衣馬灣的挪亞方舟主題公園蒐集資料的。」

「只是，年代久遠，記述是真的嗎？我們真的能夠找到方舟？」

我心中正想着。忽然，一把聲音轟然響起：「信靠上主，你必得救！」

我定睛看着站在我面前的主牧，他分明沒有張口説話呀，我抬頭轉向望向四周，又沒有其他人呀。難道主牧懂「腹語」，扮上帝説話誘我就範？

我未下決心：「責任太過重大，我不敢貿然答應承擔哩。」

我就是這樣的一個人：沒把握的仗，不打；我要先準備，Be Prepared，後做事。

我開始蒐集有關挪亞方舟和亞拉臘山的資料，同時加倍鍛煉體能，還義務協助訓練「探索隊」隊員的體能，教導他們攀山的知識。

據記載：世界敗壞，充滿強暴……上帝要使洪水氾濫，毀滅天下……但因見挪亞是個義人，遂吩咐他用歌斐木造一隻方舟，要一百三十三米長，二十二米闊，十三米高，分上、中、下三層，承載挪亞家族、各種動物及鳥類，雌雄各一雙……這是聖經創世記中的記述。

還有那座亞拉臘山，座落在土耳其東部邊界，海拔高達五千一百六十五米，山高雖不及珠穆峯，但它山勢險峻，是土耳其最高的一座山峯，被探險家高度讚譽的尋夢園，卻是土耳其庫爾德人口中的「痛苦之山」。它本身是一座錐牀火山，由火山噴出的熔岩和火山灰等堆積而成，常常發發脾氣，弄些噴發，不然就推推歐亞板塊和阿拉伯板塊擠壓碰撞，搞出要奪命的地殼震動；至於登山的路，陡峭崎嶇，鋪滿大大小小碎石亂石，險峻崢嶸；它的峻嶺，不但長年冰封，冰川高懸，兼且空氣稀薄，容易使人出現高山症狀；更可怕的是地震、雪崩、雷擊、風雪暴，會隨時，而且在毫無預兆下出現；更更恐怖的是，當地常有游擊隊出現，尤愛擄劫、殺害外國人。這亞拉臘山，是許多方舟探索者的斷魂山葬身地，他們賠上性命，也只能在冰川上找到零碎木片……

土耳其是回教國家，大部分土耳其人是回教徒，挪亞方舟為什麼會藏在這回教境內？實在是一個謎。

一個不知是真是假的遠古傳說，一座使人聞之膽喪的魔鬼之山，一隊完全沒登山、沒探險經驗的探索者和攝製隊，結合一隊文化迴異，宗教死敵的土耳其軍隊。我有理由去摻這一趟混水嗎？

晚上，牀前，我合十祈禱：

「神啊，尋找挪亞方舟，真的是祢的召命麼？」直到現在，我仍然對尋找挪亞方舟這件事，抱着莫大的懷疑。

「去，去，去，去做一件轟天動地的事！」我內心有一把聲音說我知道了。

正因為自己的事業並未火紅，我或者可以放下一切，去完成這偉大的使命；
正因為軍人出身，我才有條件去應付探險的挑戰和照顧其他隊員；
正因為曾在英國待了一年，我才有流利英語和土耳其探索隊溝通合作；
正因為我以香港為家，我應該為香港教會做些事；
更正因為我對信仰的堅定，對主的信靠，我決定放下一切，包括我所愛的人，冒死前去，踏上這生死未卜的征途！

慧萍知道我在進行着什麼，但一直不吭一聲，不肯表態，只是默默地幫助我打點一切，在準備當中，我卻多次看到她眼角的淚光，我知道，在自己身邊一直患難與共的她，擔心的是亞拉臘山，可能就是我的英雄塚。

但我更知道，我的生命的路，就是要這樣的一步步地走來。

亞拉臘山這條路，我和探索隊走了七次。

高山天氣，每段都變化莫測，日夜之間温差達三十度，晚上通常是零下二十度，在這樣嚴寒的氣温中，人人都要層層疊，穿得像包糭子，撐着兩枝拐杖，在積雪的山坡上吃力寸進。

第一次去，大家都十分雀躍，沾沾自喜，想到任務的光榮；想到任務的完成，興奮莫名。現實是，我們在山下等了一個星期，只見整個山區狂風捲石，朔風凜冽，寒氣刺骨，四處飛沙走石，即使戴了冷帽，再加一頂蒙頭冷帽，外罩防沙眼鏡，那些乾旱風、塵捲風、割面風，仍然叫我們十分難受，我們根本寸步難行，到第八天，看看惡劣天氣毫無消失的意思，土耳其人宣布活動暫停，我們只好收拾行裝離開，先回香港，再作打算。從出機場開始，我已感到疲憊不堪，一上飛機，倒頭便睡，不省人事，直至下機，跟以前坐飛機的精神奕奕狀態完全兩樣。

我沒有察覺，身體已給我信號。

第二次，整裝出發，慧萍跟上一次一樣，默默地幫助我打點一切，在機場送行時，我摟着她吻別，她在我耳邊輕輕的說：「你要想想我的感受。」一溫柔細語，像一個錘，重重地捶在我的心上，是的，她讓我自由地實現夢想，但她的夢想呢？她的憂慮呢？她的孤單寂寞呢？她的眼淚呢？我緊緊地摟着她，說不出話來。上帝，作為丈夫，我是否很自私？

在亞拉臘山山腳住了一晚，調整過坐飛機的疲累，第二天，我們便開始上山，每人一個背囊，其餘物資，我們請了挑夫代勞，才到二千米，各人都有不同程度的高山反應，有人頭脹，有人頭痛，有人更頭痛欲裂，甚至嘔吐，捱到二千八百米高營地，我還算好，沒有什麼不適，但也建議停留一兩天，讓大家身體調整，作高山適應，土耳其人完全沒事，也不得不接受我的意見。就在當晚，有消息說發現土匪和游擊隊，他們最愛在凌晨四點鐘，太陽未升起，人們最熟睡的時候來偷東西或騷擾，已經使好多個探險隊被劫水、劫糧、劫去登山裝備，因而無功而還，甚至喪命。我們呢，幸好和土耳其軍方合作，他的軍隊早在我們到達的前八天，開到山下，封城戒嚴，為我們做登山準備，因土匪和游擊隊暴力殘酷，為探索隊安全起見，土耳其軍方下令撤退。二千八百米，就成為我們以後每一次登山的中途站。

第三次，天空一片灰暗，風勢不算大大，我們沿着傾斜六十度的斜坡，在二千八百米營地出發，向着三千米高度前進，忽然「隆然」一聲，聽到嚮導大喊：「小心，山體鬆塌！」抬頭一看，天！火山滾石如炮彈雨般向下灑下來，我們避無可避，只好趴下來，雙手護頭，讓滾石流沙，從頭上、身邊滾下去，一些滾石擊落在厚厚的衣物上，打得人渾身疼痛。最恐怖的是有一塊如人頭般大的火山石火速地向着我滾過來，我看清楚了它滾動的方向，背着背囊，一個翻身，吁，我避過了。但我這一滾，卻引起了腳下的泥石流，泥石向下坡傾瀉，把我和在我後方的隊員推下幾百呎山坡去。終於，泥石滾勢停歇了，我們便又爬起來，拍拍身上的沙石，重新趕路，一步一步走上去，已經越過三千米了，還沒發現任何山洞。

第四次，駕輕就熟了，大家前進速度提高了，途中又遇到天空瞬間變臉，倏地烏黑起來，冷箭嗖嗖，山上颳起大風雪了，看來一時三刻是走不了的，我們只得分頭找了幾塊擋風大石，蹲在後面等風雪過；當時大家能做的，只是心中祈

禱，請天父庇祐；土耳其士兵則採用高難度方法，面向東方，五體投地，趴在地上，將額頭擱在亂石上，誦唱可蘭經，祈禱求真神庇佑。在偉大的自然力量面前，基督教徒、回教徒都得謙卑敬畏，哪有分別？哪有隔閡？

第五次，又遇着整個山區颳起大風雪，探索隊被迫在山腳下一個小鎮中安頓下來，風雪肆虐，整整八天沒意思停息。探索隊讀聖經的讀聖經，誦可蘭經的持誦可蘭經；崇拜過後，大家便一起看資料，學習對古物，尤其是有關挪亞方舟的認識。窗外橫風暴雪，窗內的我，只感到內心有着退役及創業以來未出現過的莫名的平靜和處變不驚的沉實。第五次回去，慧萍說：「你常常不在家，家中只有我一個人，我要養隻小狗，諢名狗仔。」我又哪會反對？又哪敢有異議？

養狗仔，好。

名叫狗仔，更好。

親愛的慧萍，你為我付出太多了！

第六次登山，有了上五次實地實況的經驗，我們再沒有人怕什麼山路崎嶇、雪地酷寒、流沙亂石甚至高山症了，我們克服了所有障礙，每次探索，都推倒重來，相信只要鍥而不捨、永不放棄，一定會有所發現的，大家都表現無畏的勇氣，只是天意弄人，我們幾經艱苦，上到四千米以上，還是找不到那藏着神蹟的山洞，最後，只好頹然下山，又回到香港來。

就這樣去了又回來，再去了又再回來，來來回回的，問世間，有多少人有這樣的能耐？

我們到底是強頑，還是冥頑不靈？敢重蹈覆轍，是因為我還年青，還傷得起。

二零零九年，十月，第七次登山。

這以前，來了六次都只是在探路、適應、摸索、溝通。這次任務，難道是Mission Impossible？不可能任務？

我們香港探索隊員和土耳其軍方探索隊，是越來越彼此了解，互相信任了，即使找不到挪亞方舟，箇中經歷和這段教會兄弟姊妹及和中土軍人的深厚情誼，也足以使參加者永遠忘不了。

第七次上山，我心中在淌着淚，懷着極其沉痛的心情踏上崎嶇積雪的山路。

天氣出奇地好，我們當然覺得是神蹟，唯一的女隊員說：

「或者，神知道人類的脆弱，惡劣了六次，艱辛了六次，再不給些『甜頭』，這些『神的子民』可能挨不住，不幹了！於是神決定給點神蹟，讓風和起來，讓日麗起來，讓人們振奮起來。」這番話，說到了大家心坎去，基督教徒和回教徒都笑了。

或許前六次嘗試登山，提升了技巧，也磨練了意志，加上上天的配合，天氣好得出乎意料，大家又適應了高山，我們不再需要在二千八百米做登山適應，土耳其軍隊先在山上鑿冰開路，我們只用了三十小時，終於登上四千二百米高峯，鎖定傳說中的方舟位置後，便開始進行挖掘，我們必須小心翼翼，務求不破壞任何東西。

站在四千二百米山上的岩洞前，我深深抽了一下山上奇冷的空氣，緊張萬分，我被委任代表港隊深入洞穴，我的身體在橙色的保暖外套和紅白藍的冷帽下冒着汗，我的心控制一不住的卜通卜通狂跳。此刻，太陽顯得特別閃耀奪目，驚世之迷，難道真的就在我腳下？真的讓它在我手中揭開？我感到陣陣暈怯，不，此時此刻，我怎可以昏過去?!

「Panda，準備好闖入那人類千方百計探尋，位於險中之險，傳說中埋藏着神舟挪亞的寶洞了嗎？」那位女藝員隊友問我道，大家都覺得應該由我先進入岩洞。

聖經記載：洪水過後，方舟停泊在亞拉臘山上。想想亞拉臘山三千米以上已經了無人迹，四千多米上一個山洞，當然是一個收藏寶物的好地方。

我放下愁思，躊躇滿志，竭力站穩，土耳其人示意我退後，由他們先進洞。是的，洞內的驚天大秘密，應該由本地人揭露，怎可以讓外人捷足先登呢？在洞外，強風中，我垂頭懺悔：「媽媽，對不起！你要保祐我成功。」

土耳其人終於通知我進入山洞了。洞中黑暗一片，峭壁垂直，游繩滑下，一股怪異的氣味直沖鼻孔，我一陣暈眩，緊緊抓住繩索，一手緊一手鬆地滑下去，十分驚險。洞內層岩重疊，在火山石層和冰層之下，我果然看到一些東西，好像是一些木塊，深埋在石岩中，據説這些土牆上崁入的巨型木塊，叫做木結構空間，是用粗壯的樹幹搭建而成，還有入榫位哩。

難道這正是聖經所説挪亞用歌斐木建造的方舟嗎？

如果是，我豈不成了發現方舟木結構空間的第一個中國人？

太不可以想像了！

發現方舟巨型木結構空間的消息發布後，外界的反應熱烈，有些甚至措辭凌厲，肆意攻擊：

「西方多位探索家和考古學者尋找多年，更不惜動用衛星搜尋，一直徒勞無功，你們一組烏合的華人探索隊，竟然聲稱找到相信是方舟的遺骸，有可能嗎？」

「隊中沒有考古學家，一個退役軍佬、一個女藝人，拿着一塊爛木，就想編故事？」

「你們最初的目的並不是尋找方舟，只不過是為馬灣挪亞方舟主題公園製作內容而作資料搜集吧了，別扮偉大，說什麼拚了命尋找驚世真相，騙人！」

在發布會上，坐在下面第一行的慧萍哭了……

忽然想起，不知道是誰說過的一句話：

「生命的意義不是裹在絕對安全的蠶繭內。只有伸延我們的極限，人類才會成長。」

只是，有些事，我真的做不到。

我很疲乏了，整個人沒有力氣。

是上天叫我要好好休息一下了麼？

十一　有些事，我真的無能為力

第七次登山成功，收穫纍纍回來之後，我才有時間靜下心來，靜下心來，咀嚼到失去母親之痛。

我哭了許多次。

我能夠和探索隊成功進入那人類千方百計探尋，位於險中之險，傳說中埋藏着挪亞神舟的寶洞，成為發現方舟木結構空間的第一個中國人！我們探索隊的經歷被拍成電影，引起城中和國際的話題，我似乎成功地完成了教會給我的使命，但我得承認，有些事，我真的無能為力！

第七次上山，又是十月，香港的金秋季節，我帶着上冰川的行裝出了門，正在上飛機的長廊中，接到姐姐來電話，語氣驚惶失措：

「耀輝，快來，媽媽忽然哽塞，很辛苦！」

「姐，別緊張，快打999，急送醫院，同時在媽媽身後攔腰抱着她施壓，看看是否可以令她吐出塞着她喉頭的東西。」那時，我已經登上飛機了，根本趕不及回去。

之後，我再沒有收到有關媽媽的消息，只好主觀地祈求媽媽吉人天相。

事實是，上帝沒有順應我的祈求，媽媽終於熬不到我回來，我不但沒能陪她走人生的最後一步，還要在她屍骨未寒時出鏡，在新聞發布會的鏡頭前表現入了岩洞，有重大發現的喜悅，公開講解木結構組織及上面的入榫位，真難想像我當時是如何壓抑失去生平第一重要的女人的悲痛。

母親一生坎坷，在她幼年時，祖父乘船到南洋走水貨做生意，祖母也同行，出門前並不知道會颱風，結果在南中國海，貨船遇風傾側，更起火焚燒，祖父母被活活燒死，屍沉大海，母親和她的兄弟姊妹共六個孩子，頓成孤兒，那年她還未夠五歲，在懂事和不懂事的懵懂歲月。

接着是日本侵華，戰火蔓延，抗日之戰在全國展開，人間沒一寸淨土，媽媽和兄弟姊妹們被迫走難，南下香港。

後來，遇到同是天涯淪落人的爸爸，愛他勤勞不怕苦，見他做三行，有一技謀生，且戰後百廢待興，三行工作接不完，三餐不成問題，而且她自幼失怙，太渴望愛情，渴望有人愛錫自己，結果，她說，對愛情的追求使她瞎了眼，看不到那男子暴虐的一面，一頭栽進了婚姻的樊籠。本來，聽媽媽說，當時還有另一位做生意的男子對她表示有意思的，但父母因做生意而慘死的陰影，一直在她心中纏繞不去，使她放棄了「生意人」，選擇了「三行人」，從此「嫁錯郎」的眼淚化成怨忿，蠶蝕了她一生，氣鬱成病，演化成氣促，一生氣，氣管便會撕裂，須立即入院急救。

媽媽每次出事，爸爸都緊張萬分，一下班便去醫院看她照顧她。

倔強的她毫不領情，表示絕不原諒他，好像誓要氣死自己才罷休，性格和說話越來越負面，惡語噴人，寒風迫人，發起脾氣來，沒人受得了，包括在她身邊照顧她的姐姐。爸爸嗎，老大清早便離家外出了，他說自動消失，免讓媽媽看見他「眼寃」，因而生氣，因而病發。

爸爸不善於和人溝通，更不善於表達內心感情，但他愛家庭，愛媽媽，我們是知道的。他和我曾經三番四次買了機票說帶她去旅行，往往到上機前一刻，她便說身體不舒服，不去了。是真是假，我們也不敢斷定。

久而久之，爸爸也不勉強她，自顧自尋樂去了，剩下她孤伶伶地，鬱結地度餘生。真的何苦來哉？

做兒子的我能夠做什麼呢？

我只可以為她祈禱，希望神能夠幫助她，讓她明白「不放過別人，就是不放過自己」，她又怎會得到快樂？

基督教說愛人、寬恕；佛家說慈悲、放下、自在，對媽媽來說，都沒有用，她有堅持倔強的性格，也遺傳給了我。

上天似乎另有安排，結果在一次晚餐上，食物梗塞在她喉頭，她就此離開了，離開了讓她痛苦的塵世，遺下了極大的痛苦，給我。

我以為自己堅強，能克服所有困難，戰勝一切，但原來，我是多麼的卑微，對我生命中最重要的女人，養我、護我、助我、愛我、成全我的媽媽，在她有危難時，我什麼都做不到，什麼都沒做到！

登山成功，有極重要的收穫，並不能代替失去母親之痛。樹欲靜而風不息，子欲養而親不在，每次閒下來，靜下來，喪母之痛便來咬噬我的內心。

那一天，我在上飛機之前，如果我當機立斷，改變主意，臨時脫陣，即時下機直奔醫院，或許，我還能夠見她最後一面，送她走向最後一程。為什麼我那樣固執，堅持將任務放在第一位？為什麼我那樣呆腦，以為軍人不能臨陣逃脫？因此造成終生不可能寬恕自己的內咎，不可磨滅的遺憾？

上帝的召命重要？還是母親的生死重要？

如果說一切是上帝的意旨，那麼，當時我硬下心腸上飛機，也是上帝指使的嗎？

如果說一切是上帝的意旨，那麼，是祂已經安排好在第七次上山，探索隊便有收穫？

如果說一切是上帝的意旨，那麼，祂明知媽媽會在那段時間出事，為什麼不布置第六次便有發現？或者第八次也可以呀？難道，七，這個數字，對祂，真的是這麼重要？

土耳其回來之後，不知怎的，我只覺得身體越來越虛弱，精神越來越不濟。這天，去到海邊，休息一下，想起母親，我問上帝：

「祢為什麼要這樣對我？」

「祢對我的磨練還不夠嗎？」

我淚流滿面，祂卻不回答我。

十二　相信還有明天

這幾天來，我混身出現從未有過的不自在，我的精神越來越不濟。是什麼的一回事？

是七次登山積聚下來的勞累嗎？

在以前，什麼勞累，不是睡一覺便恢復嗎？

是母親病逝引發的悲愴傷神吧？

還是多年來，創業多次，跌倒中積累的不甘心、痛苦煎熬的爆發嗎？

現在，我的生命歷奇事業還算穩定，債務已清，小家庭兩餐溫飽不成問題。

我自己苦苦思索，我也在祈禱中問天父，祂選擇沉默不語，我自迷茫。

「想哭，便哭吧。」我和慧萍坐在海邊石上，慧萍摟着我的腰，頭貼在我的背上，輕聲、溫柔地說。

我還在為自己是拔萃軍人、鐵血教官、天地男兒而故作堅強時，慧萍一句「想哭，便哭吧。」戳破我虛假的面具。

我的眼淚再無法受控制，奪眶而出，簌簌而下了……

媽媽猝然去世的事提醒我，要更全心全意去愛身邊的人，我生命中第二個重要的女人，我摟着慧萍，肆無忌憚地放聲哭起來，我心愛的慧萍，跟我一樣堅強倔強的慧萍，跟我一起，哭了。有人一同傷心，也是一種幸福，我深受感動，抑鬱的心情也舒緩了一點。

有一天，早上醒來，混身無力，連上幾級樓梯也不出勁！

我怎麼了？

「狗仔，你怎麼了？兩隻眼睛的眼白都變成檸檬黃！」慧萍從沒見過我這樣子，我也從沒見過自己這樣子！

我知道，出事了！要立即去看醫生。

「血壓出奇地低，你出了什麼事？」醫生這樣問我，我怎麼知道？

醫生勒令立即入院！

往醫院一送，接着是沒完沒了的檢查：量度、抽血、照片、磁力共振、CTScan、顯影，可以做的檢查，都做了；可以看的醫生，都看了，但是沒有人告訴我出了什麼事，我常常自傲最知道自己的極限，但現在，我的身體到底出了什麼事？沒有醫生可以肯定地告訴我。沒有醫生敢斷症，沒有一位醫生夠膽用藥……即是，沒有治療方法。

誰將祝福變成詛咒？

誰將生命變成沒命？

誰將希望變成絕望？

我忿忿不平！

所有醫生都說我只有五至七成血，可能是白血病，要卧牀休息，不可以到處走。

我很傷心，我這鐵血教官怎會變成一個這樣病弱患血癌的人？這根本就是不可能的事。

晨曦正從窗外透過來。

慧萍扶着我，哭不成聲，我摟着她，淚流滿臉。

難道我現在便要去天國和媽媽重聚？我覺得自己的生命仍是應該旺盛的呀。

天父，都說祢就是人們身後的一條救命繩，到底祢要到什麼時候才放繩救人？

我害怕，因為我不知道祢要怎樣！

「難道這一次，又是祢給我的另一種功課？」

以後的日子我會怎樣過？絕症、掙扎、死亡、分離？

「明天我還能醒來嗎？」

「明天醒來，我還能看到太陽嗎？」

「是祢又已預備好，最好的、最苦的高階訓練課程給我？」

緘默並不是我的本性，我仰望上空，不停問道。

穹蒼寂靜，我知道拗不過祂，我謙卑地跪下，誠心禱告：

「我就知道，祢是最嚴厲的教官，也是慈愛的父，請你帶領我。」

晚上一覺醒來，窗外一輪皎月輕灑銀光。

「孩子，你不行了嗎？儘管告訴我，看我怎樣幫你。」不知道是否心理作用，我好像聽到祂這樣說。

淚眼模糊中，烏雲逐漸散去，天空一片朗清。

第二天，我離開了醫院，奇怪的是，上天竟然讓我仍然可以到處走，於是，我又繼續工作了。

許多人知道我病了，紛紛給我治療的建議。

我盡量嘗試，戒肉吃素，吃出反胃來；自然療法，沒有起色；看了中醫，又是先健脾胃……

土耳其傳來的消息：和我一起進山洞的土耳其大兵，也全部出事，進了醫院，據說是得了風土病，住了整整七天，最後完全康復。

這神聖的山洞中，難道真的有什麼古怪？

而且，又是「七」這個數字，玄妙吧？

香港現在是冬天，我覺得尤其冷，這個「冷」字，在以前，對我來說，是多麼的陌生。

一位醫生開玩笑說：「你現在是極寒人，去南方曬曬太陽吧！」

我二話不說，買了機票，緊拖着我那位愛美白、怕曬太陽的摯愛慧萍，先去了泰國，再去菲律賓——我最喜歡的潛水勝地——曬太陽，出去休息一下，靜一靜，想一想。我和她，跟着下來的人生路應該怎樣走下去……

苦難提醒了我，要感恩，當我以為失去一切，一無所有時，卻原來有一個人，一直默默和我一同經歷一切，我原來才是世界最富有的人！

苦難提醒了我，要知道去愛，更要珍惜，因為不知道生命還有多久。

苦難還提醒了我，要及時審視人生的次序先後，用餘下的時間做自己最想做而又有意義的事。挪亞精神正是把握時機——上船！履行人生使命，我還等什麼？

苦難更提醒了我，當第二天還有幸看見太陽升起，便要加倍努力，去愛，去奉獻自己。

苦難讓我蛻變，使我有了今天的豁達從容，堅韌且柔軟。

望着寧謐的海，我拿起結他，深情地唱出一我最喜愛的歌《還有明天》：

「從前青春，縱沒珍惜，
知道還有明天；
徬徨的心，困在幽谷，
希望會有明天，
這一生寶貴是時間，
你要歸來，總不太晚。」

最後，醫生診斷我患的是淋巴癌，可試用鏢靶藥。

OK，來吧！

耀輝跟你說

人生有不同的階段。

少年是生理成長和建立人生目標的學習階段，少年人應該鍛煉強健體魄，多閱讀和參加社會活動，提高對自己、社會和世界的認識，並建立崇高的人生目標。

青年是實現人生目標的階段，青年人應該放眼世界，認識自己，了解身邊的人、事和物，好讓自己有更多的資訊和資料來分辨是與非，善與惡！青年更要做一些年青人可以做和應該做的事情，並全力以赴，這樣便能提升自己，且有益他人。如果有些事是自己「想做的」但卻是「不應該做的」，就要三思了！

至於成年人，常常希望年青人表現「成熟」，做所謂「成熟的事」。成年人呀，年青人是不須責、亦不要管的，只要教他們就好了。

一次的失敗也並不永遠會失敗！一次的成功不代表永遠的成功！無論成功或失敗！重要的是永遠不要放棄、不會放棄，這才是真漢子和堅強的表現！

人生四大成長和發展：

Social vs Physical

Mental vs Spiritual

而終極最有價值就是Spiritual屬靈的果效！

聖經裏屬靈九個果子（仁愛、喜樂、和平、忍耐、恩慈、良善、信實、溫柔、節制）和全副軍裝就是我人生的目標和準備！

最後和大家分享一節金句：

「不可叫人少看你年輕，總要在言語、行為、愛心、信心和清潔上，都作信

徒的榜樣！」提4：12

互勉！

李耀輝

本書主人公麥耀輝的生活原型

生命歷奇導師

飛躍青春系列

車　人
- 青蔥歲月
- 穿越百年的友誼
- 異國的天空
- 遊戲迷之旅
- 我不要再孤獨

君　比
- Miss，別煩我！
- 他叫 Uncle Joe
- 四個10 A 的少年
- 誰來愛我
- 夢醒之後

利倚恩
- 再會於紫陽花部屋
- 那些相依的歲月
- 愛令世界轉動
- 甜甜圈日記
- 甜甜圈日記(最終回)
- 走在櫻花樹下的日子
- 我心中住着一個他
- 那些相依的歲月(最終回)
- 愛伴我高飛
- 蝶舞傳説1 · 再次牽着你的手
- 蝶舞傳説2 · 給你溫柔的擁抱
- 蝶舞傳説3 · 你是我的守護天使
- 蝶舞傳説4 · 陪你走過每一天
- 蝶舞傳説5 · 你把我放在心上
- 蝶舞傳説6 · 只想留在你身邊
- 蝶舞傳説7 · 奇妙相遇篇～給未來的禮物
- 蝶舞傳説8 · 但願你會明白我
- 蝶舞傳説9 · 只要有你的微笑
- 蝶舞傳説10 · 結局篇～永遠牽着你的手
- S傳説來了1 · 許氏力場
- S傳説來了2 · 怪盜K的復仇
- 校園謎團事件簿1 · 時光魔鏡

阮海棠
- 再見，黎明

宋詒瑞
- 少女心事
- 少男心事
- 生活中不能沒有愛
- 倔女兒Vs嚴媽媽

卓　瑩
- 那年我十四歲
- 讓我再次站起來
- 像我這樣的幸福女孩
- 原來我可以
- 請你靠近我
- 我不是草莓族
- 回到冰雪上的日子

胡燕青
- 頭號人物

韋　婭
- 兩個Cute女孩
- 成長的煩惱

馬翠蘿
- 這個男孩不太冷
- 非典型女孩
- 跨越生死的愛
- 鋼琴女孩
- 愛是你的傳奇
- 迷失歲月

孫慧玲
- 旋風傳奇1 · 旋風少年手記（修訂版）
- 旋風傳奇2 · 魔鏡奇幻錄（修訂版）
- 旋風傳奇3 · 旋風再起時

桃　默
- 超「凡」同學之實驗室幽靈事件
- 超「凡」同學之不可思議昏睡事件
- 超「凡」同學之神祕綁架事件
- 超「凡」同學放暑假
- 超凡新同學之天水圍城事件
- 超凡同學破奇案
- 超凡新同學之模特兒FANS瘋狂事件
- 超凡同學漫遊魔幻王國
- 超凡新同學之怪獸出沒事件
- 法中女子足球部
- 法中女子足球部 2 出線任務
- 法中女子足球部 3 全國大賽篇
- 超凡同學VS超時空守護人

梁天樂
- 青春火花
- 不能放棄的夢想
- 擁抱夢想
- 打出一片天
- 瞇上眼睛看你

麥蒔龍
- 逃出無間

麥曉帆
- 愛生事三人組
- 妙探三人組
- 鬼馬三人組
- 明星三人組
- 至叻三人組
- 拜金二世祖
- 玩轉火星自由行

黃虹堅
- 十三歲的深秋
- 五月的第一天
- 媽媽不是慈母
- 醉倒他鄉的夢

鄭國強
- 我們都是第一名
- 和好朋友説Yes
- 叛逆排球夢

關麗珊
- 浩然的抉擇
- 中二丁班
- 我不是黑羊
- 睡公主和騎士

周蜜蜜
- 來自星星的小王子 · 壹 · 神秘的約定
- 來自星星的小王子 · 貳 · 真假「王子」之謎
- 來自星星的小王子 · 叁 · 小王子的星球